Les Éditions du Boréal
4447, rue Saint-Denis
Montréal (Québec) H2J 2L2
www.editionsboreal.qc.ca

UN GRAND FLEUVE
SI TRANQUILLE

Mademoiselle J.-J., Stanké, Montréal, 2001.

Louise Turcot

UN GRAND FLEUVE
SI TRANQUILLE

Boréal

Les Éditions du Boréal remercient le Conseil des Arts du Canada ainsi que
le ministère du Patrimoine canadien et la SODEC pour leur soutien financier.

Les Éditions du Boréal bénéficient également du Programme de crédit d'impôt
pour l'édition de livres du gouvernement du Québec.

Couverture : Luc Melanson

Diffusion au Canada : Dimedia
Diffusion et distribution en Europe : Les Éditions du Seuil

Données de catalogage avant publication (Canada)

Turcot, Louise

Un grand fleuve si tranquille

    (Boréal inter ; 38)

    Pour les jeunes de 12 ans et plus

    ISBN 2-7646-0269-3

    I. Titre.

PS8589.U612G72   2003   JC843'.6   C2003-941277-6
PS9589.U612G72   2003

À ma mère

1

Ce matin-là à l'île aux Cerises

Grand-maman Alice se réveilla tôt. Elle glissa ses vieux pieds dans ses pantoufles trouées, enfila sa robe de chambre en ratine effilochée et ouvrit toute grande la porte moustiquaire pour regarder le fleuve. Il était calme. Sur la grande surface immobile, le ciel contemplait sa pâleur matinale.

Il n'était que sept heures, la journée promettait d'être belle et chaude. « Quel beau temps pour l'arrivée de ma petite Lulu », se réjouit grand-maman Alice.

Elle passa ses gros doigts dans sa crinière ébouriffée. Ses mèches blanches de plus en plus nombreuses n'avaient pas encore réussi à atténuer la flamme de ses beaux cheveux roux ; pour tout le monde, elle demeurait une « rougette », comme ses sœurs Fleurette, Marguerite et Henriette, qui était morte dans un accident il y avait maintenant trois ans… déjà. « Comme le temps passe vite ! » pensa Alice. Henriette lui manquait et elle avait transféré sur Fleurette et Marguerite ce trop-plein d'amour. Sur l'île aux Cerises, les filles Champagne formaient un clan que rien ne pouvait briser.

— Léon, sors du lit ! Tu vas manquer le plus beau moment de la journée, lança Alice d'une voix puissante en direction de la chambre où son mari dormait encore.

Il grogna et tenta d'échapper aux ordres de sa femme en se cachant la tête sous l'oreiller, mais elle haussa le ton :

— Puis mets l'eau à chauffer pour le café… tout de suite !

Il était inutile d'essayer de replonger dans le sommeil. Quand Alice était debout, elle cherchait désespérément quelqu'un avec qui partager ses premières impressions de la journée. Comme sa sœur Fleurette, leur voisine, ne se levait jamais avant neuf heures, Léon n'avait pas le choix : il devait sortir du lit et affronter la vitalité incroyable de sa femme.

Comme tous les matins, Alice commençait sa journée par une visite de son jardin de fleurs. Son œil vigilant guettait l'apparition de la moindre mauvaise herbe et les insectes indésirables étaient éliminés sur-le-champ.

— Tiens, une coccinelle ! Viens ma belle, dit-elle en l'accueillant sur sa grosse main couverte de taches de rousseur. T'es venue nous apporter du bonheur, petite demoiselle ? C'est bien… c'est très bien !

Par la fenêtre de la cuisine, elle cria à son mari :

— Léon, grouille-toi puis va arroser ton potager ! C'est le moment ou jamais ! Dans une heure, le soleil va être trop fort.

Le mois de juillet attaquait en force cette année-là, et si le trois du mois tenait ses promesses, 1954 serait une année record d'ensoleillement.

— Léon ! As-tu compris ?

Non seulement Léon entendait très bien la voix de sa femme, qui réveillait ses tympans encore engourdis de sommeil, mais il la voyait aussi par la fenêtre de la cuisine, qui gesticulait, la main droite levée vers le ciel pour appuyer ses dires.

Sans doute aux prises avec une de ces bouffées de chaleur dont elle se plaignait depuis des années, Alice avait jeté par terre sa robe de chambre et se promenait dans le jardin, vêtue du vieux pyjama rayé de Rosaire, son défunt père. Elle l'avait adopté depuis qu'elle avait pris du poids, et c'est ainsi qu'à sa façon elle perpétuait le souvenir de Rosaire et gardait près d'elle sa présence rassurante. Elle ne manquait jamais l'occasion de rappeler aux enfants quel homme extraordinaire il avait été, un homme reconnu pour sa grande hospitalité et son cœur si généreux ; deux qualités dont elle avait hérité et qui faisaient d'elle la digne fille de son père.

Alice retroussa son pantalon de pyjama et s'accroupit devant un énorme bouquet d'iris jaunes.

— Vous avez jamais été aussi beaux, mes trésors! Alice a le tour avec vous autres, hein? Vous pouvez pas dire le contraire!

Alice avait l'habitude de parler à ses fleurs. À ceux qui se moquaient d'elle, elle répondait : « Je n'ai jamais vu une fleur m'envoyer promener! Qui dit mieux? »

Elle se redressa en s'appuyant sur ses lourdes cuisses, reprit son souffle, fit quelques pas et se remit à quatre pattes pour examiner de plus près un rosier qui l'inquiétait.

— Toi, mon petit freluquet, tu vas fleurir cet été ou bien je m'appelle pas Alice ; tu sais pas encore à qui tu as affaire!

Léon ne pouvait s'empêcher d'envier ce corps solide et en santé qu'Alice malmenait sans vergogne. Où prenait-elle toute cette énergie? De la minute où elle sautait du lit jusqu'à celle, tardive, où elle acceptait enfin de mettre un terme à sa journée, elle n'arrêtait pas de bouger, de parler, de chanter, de faire des plans, de dresser des listes interminables de choses à faire pour lui, pauvre Léon, qui n'aspirait qu'à un repos bien mérité.

Depuis qu'il n'exerçait plus son métier de facteur, qui l'avait obligé pendant trente ans à arpenter, beau temps mauvais temps, les rues du quartier Hochelaga, Léon n'espérait plus qu'une seule chose : l'immobilité totale.

Il pouvait encore sentir sur son épaule le poids de sa besace, remplie de factures que ses pauvres concitoyens arrivaient à peine à payer. Il n'était pas l'homme le plus populaire de sa rue ni d'aucune rue, d'ailleurs. Sa mine triste et la façon qu'il avait de traîner son énorme sac lui avaient valu le surnom de « La Tortue », qu'une bande de petits garnements avaient inventé pour lui rendre la vie encore plus pénible.

« Attention les gars, v'là La Tortue, v'là La Tortue ! J'sais pas s'il va se rendre au coin de la rue avant midi… » Léon faisait mine de ne rien entendre, car il n'aurait pas eu le courage de les corriger. L'âge de la retraite avait mis fin à tous ces petits supplices quotidiens, mais la vie en avait d'autres en réserve pour tous les pauvres Léon de la terre.

— Léon, va voir dans le cabanon s'il reste de la peinture saumon. Demain matin, j'vais retoucher la clôture, ça pourra pas faire de tort, et puis la belle Lulu va adorer ça me donner un p'tit coup de main.

« Ah non ! » soupira Léon. Il priait pour que le gallon de peinture fût vide, parce que, quand Alice s'emparait d'un pinceau, on pouvait s'attendre au pire. Elle ne voyait plus le temps passer, oubliait l'heure des repas, exigeait de son mari qu'il adopte son rythme infernal et ne s'arrêtait que lorsqu'il ne restait plus la moindre goutte de peinture, quitte à rajouter un peu de térébenthine pour faire durer le plaisir.

La couleur saumon était sa préférée depuis l'an

dernier, et il n'y avait qu'à regarder tout autour pour en être convaincu. Armée de son pinceau fou, Alice coloriait de rose tout ce qu'elle rencontrait. Plus elle avançait dans sa tâche, moins elle respectait le contour des objets et, avec une belle exubérance et une générosité immense, elle répandait en fines gouttelettes sur la nature sa passion pour le saumon. Même les bécosses au fond du jardin avaient leur touche rosâtre : Alice avait longuement essuyé son pinceau sur la porte mais n'avait pas réussi à dissimuler complètement le vert tendre qui avait été sa couleur fétiche pendant des années.

Léon se traîna de peine et de misère jusque dans la cuisine pour actionner la pompe à eau qui surplombait l'évier minuscule, avec l'expression désespérée d'un prisonnier condamné aux travaux forcés. Au bout de quelques coups stériles, l'eau tomba par secousses dans la vieille cafetière de métal.

Ce petit geste, qui ne demandait pas un gros effort, lui rappela que sa vieille tendinite n'était toujours pas guérie. Les barils d'eau de pluie étant à sec, il lui faudrait longtemps pour remplir toutes les chaudières afin d'arroser le jardin, comme Alice le lui avait demandé. Ou pire encore, il devrait descendre jusqu'au fleuve et transporter à la main d'innombrables seaux d'eau ; ce serait encore une dure journée. Son visage se crispa, mais puisque Alice ne pouvait pas le voir, il abandonna cette expression de douleur qui ne lui servait à rien.

Dans son pyjama rayé, qui différait de celui d'Alice par ses rayures plus larges et plus foncées, Léon tenait bien peu de place ; c'était étonnant de voir avec quelle lenteur il promenait une carcasse si légère. Chaque pas semblait lui coûter un effort inouï. C'était un petit homme maigrelet, aux épaules un peu voûtées, qui n'aurait pas fait de mal à une mouche, probablement parce qu'il n'aurait jamais été assez rapide pour l'attraper.

Il sortit de l'armoire le pot de café et le sucrier. « Encore des fourmis, *mosus,* on arrivera donc jamais à s'en débarrasser ! » Il en écrasa quelques-unes d'un air dégoûté et alla dehors chercher le lait et le beurre dans le caveau.

« Caveau » était un nom bien prétentieux pour désigner l'endroit où l'on remisait les denrées périssables. En fait, c'était un espace creusé dans le sol du côté ombragé de la maison, dans lequel Léon, sous les directives d'Alice, avait installé une grande boîte de métal contenant le bloc de glace autour duquel on regroupait les aliments.

Léon se souvenait encore avec horreur de ce jour-là ; il s'était donné un tour de rein qui l'avait fait souffrir pendant une semaine, et il avait dû subir les massages d'Alice, qui étaient une vraie torture.

Le caveau était fermé par un couvercle isolant qui empêchait la chaleur de pénétrer mais n'était d'aucun recours contre les damnées fourmis qui semblaient apprécier la fraîcheur de cette glacière improvisée. Elles couraient partout, se glissaient dans les moindres fentes, réussissaient même à pénétrer dans le beurrier qui pourtant devait être hermétique. Leurs minuscules pattes devenues huileuses glissaient sur les parois métalliques de la cuvette et, dans un dernier plongeon, elles trouvaient la mort dans l'eau froide qui s'accumulait au fond.

Léon en avait même trouvé une particulièrement intrépide, qui s'était noyée dans une pinte de lait, coincée dans le goulot de la bouteille de verre, là où la crème formait un cylindre jaunâtre. Comment avait-elle réussi à franchir l'obstacle du petit couvercle de carton que Léon lui-même avait solidement remis en place ? Ces maudites bestioles, comme il les appelait, le mettait hors de lui. Le bloc de glace avait diminué de moitié et les fourmis suicidaires formaient un cercle noir autour de la pinte de lait.

Il lui faudrait nettoyer le caveau avant l'arrivée de sa belle-fille, Hélène, qu'un rien dégoûtait, mais Alice voudrait sans doute accomplir cette tâche elle-même, car si on ne faisait pas vite, la glace fondrait à vue d'œil.

Plongé dans ces considérations domestiques, Léon, la bouche ouverte, avait pour un moment oublié ce qu'il était venu chercher. Alice le surprit en flagrant délit d'in-attention.

— Coudonc, Léon, attends-tu que la glace soit toute fondue pour refermer le couvercle ? J'te dis que toi, quand tu te lèves sans dessein, c'est parti pour la journée !

— Ben moi, là…

Léon avait pris l'habitude de répondre aux remarques acerbes d'Alice en commençant ses phrases par *moi là*, expression qui se voulait sans doute une affirmation de sa personnalité. *Moi là*, deux mots innocents qui contenaient les récriminations secrètes d'un petit homme qui avait épousé une maîtresse femme. *Moi là*, c'était tout ce que Léon avait trouvé pour se défendre devant la belle Alice qui régentait sa vie et ses moindres mouvements.

— On va se prendre un bon p'tit café, mon Léon, pis après, on passe à l'action. On a de la belle visite qui arrive cet après-midi, il faut que ça brille de partout.

Pour exprimer sa joie devant ce qui allait être une belle journée, Alice entonna sa chanson préférée en poussant sa voix au maximum.

— *Zip-a-dee-doo-dah, zip-a-dee-ay, my! oh my! what a wonderful day! Plenty of sunshine heading my way, zip-a-dee-doo-dah, zip-a-dee-ay!*

— Alice, arrête, tu vas réveiller toute l'île !

— Ben qu'y s'lèvent, gang de paresseux ! A-t-on idée de dormir quand y fait si beau.

Léon soupira. Il allait encore passer la journée à courir à droite et à gauche ! Le visage de sa petite-fille Lulu lui apparut soudain, et son sourire lui redonna courage. « Lulu doit être en train de faire sa valise, se dit-il, j'espère qu'elle ne sera pas aussi lourde que l'an dernier ! »

2

Vive les vacances !

Pendant ce temps, à Montréal, dans sa petite chambre toute propre où jamais la moindre fourmi n'avait posé les pattes, Lulu, celle-là même qu'Alice et Léon attendaient avec impatience, recommençait sa valise pour la troisième fois.

Lulu aurait bientôt onze ans, mais elle était petite pour son âge. Ses cheveux bruns, attachés en queue de cheval, frisaient naturellement, à son grand désespoir, et s'enroulaient sur sa nuque humide en petites boucles serrées que ses amies prenaient plaisir à tirer pour les voir rebondir.

Elle aurait tant voulu avoir de longs cheveux lisses comme Maryse, la plus belle fille de la classe, une blonde aux yeux bleus que tous les garçons reluquaient. Mais non, la pauvre Lulu était aux prises avec une tignasse rebelle qui se révoltait au gré de la température.

Tous les produits du monde, Dip & Didoo et autres merveilles, n'y pouvaient rien. Lulu n'était pas particulièrement coquette, mais quand elle se regardait dans le miroir, au moins une fois par jour, elle ne voyait que cette masse de poils grichous qui dévorait son petit visage.

Si elle avait passé outre ce petit détail, Lulu aurait pu remarquer qu'elle avait aussi de beaux yeux bruns presque noirs, qui brillaient d'intelligence et de vivacité, une jolie peau qui adorait le soleil, et un sourire espiègle et charmant qui répandait autour d'elle une bonne humeur contagieuse.

Lulu soupira et replaça soigneusement ses vêtements dans la valise. Sa maman, Hélène, aimait que les choses soient faites à la perfection. Elle n'avait pas son pareil pour débusquer le petit détail qui cloche. Lulu devait tout recommencer en s'efforçant de mettre en pratique ce que sa maman lui répétait chaque année :

— Pour bien faire sa valise, il faut savoir utiliser l'espace au maximum, rouler les chandails en boudins (cette expression faisait bien rire Lulu), mettre les chaussures dans le fond, la semelle tournée vers la paroi de la valise, et y glisser ses bas…

— Ah oui ! Pour se souvenir que ça va ensemble, ajoutait Lulu en se moquant gentiment de sa maman.

— Puis remplir tous les espaces vides avec des sous-vêtements ou des petits objets. N'oublie pas, Lulu, pas de choses inutiles, et apporte au moins deux chandails à manches longues…

— Mais je vais mourir de chaleur! protestait Lulu qui aurait passé ses journées en maillot de bain si sa mère le lui avait permis.

— Les nuits sont fraîches dans l'île et les moustiques, féroces!

Hélène disait ça avec tant de cœur que Lulu se cachait pour rire. Elle venait de se rappeler que les bestioles étaient la hantise de sa mère et que, dès le mois de juin, Hélène se préparait mentalement à affronter les plus gros maringouins de la terre.

Si Hélène voyait avec tant de rigueur à la préparation des valises, c'est qu'elle devait s'assurer qu'elle et sa fille seraient capables de les transporter toutes seules.

« Ah! Si seulement j'avais un papa grand et fort, pensait Lulu, avec une belle voiture deux couleurs où on pourrait mettre des tas de choses superflues pour partir en vacances! »

Lulu n'avait jamais connu son père, qui était mort quelques semaines avant sa naissance, et sa mère, restée inconsolable, n'avait jamais voulu se remarier.

Lulu était persuadée que les papas étaient particulièrement utiles quand on avait plein de valises à transporter, beaucoup plus utiles à ce moment-là qu'à l'heure des devoirs, où tous les papas de la terre se mettaient à crier. En tout cas, c'est ce qui se passait chez ses amies. Mais pour jouer à se lancer la balle dans la cour après le souper, personne ne pouvait les remplacer, surtout pas Hélène, qui fermait les yeux quand c'était à son tour d'attraper et lançait toujours dans la mauvaise direction.

À part ces petits moments de nostalgie, Lulu se débrouillait très bien dans la vie sans papa ; après tout, elle avait une maman qui se dévouait sans compter pour la rendre heureuse et qui y réussissait très bien ; ce qui n'empêchait pas Lulu d'envier parfois sa cousine Estelle quand celle-ci se chamaillait avec Arthur, son papa.

Le lendemain de la Saint-Jean-Baptiste, la frénésie des préparatifs s'emparait des Côté, mère et fille. La fête du 24 juin représentait pour Lulu un double bonheur : c'était la fin des classes et le début de deux longs mois de vacances. Chaque année, d'aussi loin qu'elle se souvienne, huit jours après la Saint-Jean, c'était le grand départ pour l'île aux Cerises où sa mère et elle passeraient une bonne partie de l'été dans le chalet des grands-parents Côté.

Elle adorait son grand-père paternel, Léon, qui faisait des siestes interminables dans sa chaise longue et jouait à être très en colère quand elle le réveillait en le chatouillant sous le nez avec un brin de foin.

Grand-maman Alice, qui n'était pas sa vraie grand-mère mais la deuxième femme de Léon, la faisait rire aux larmes avec toutes ses chansons bizarres et c'est elle qui lui avait appris les rudiments du charleston, une danse de sa jeunesse.

Sa vraie grand-mère, Marie-Louise, qu'elle n'avait jamais connue, était morte en donnant naissance à Lucien, le père de Lulu, et Léon, qui se retrouva veuf avec trois enfants en bas âge, rencontra la merveilleuse Alice qui ne perdit pas une minute pour prendre en main toute la maisonnée, y compris Léon qu'elle traitait comme le plus vieux des enfants de sa nouvelle famille.

Passer l'été avec Alice et Léon, c'était une promesse de ne jamais s'ennuyer.

Il faut dire que les Côté n'habitaient pas un chalet comme les autres, et même si c'était le seul que Lulu ait jamais connu, elle ne doutait pas de son originalité. Elle avait beau le décrire à ses amies du mieux qu'elle pouvait, leur fournir toutes sortes de détails réalistes et historiques, et en ajouter de son propre crû, elles étaient toutes persuadées que c'était encore une de ses inventions à dormir debout.

Personne ne voulait croire que Lulu s'en allait, à quelques milles seulement de Montréal, dans une île sans eau courante ni électricité, où il fallait activer à la main une pompe si lourde qu'elle vous donnait des ampoules aux doigts, tout ça pour obtenir un filet d'eau qu'on n'avait pas le droit de boire sans l'avoir d'abord fait bouillir vingt minutes sur le poêle au gaz propane, et s'éclairer le soir avec un fanal qui faisait un drôle de bruit quand on l'allumait et qui, au dire de sa grand-mère Alice, était un objet très dangereux à manipuler. Les enfants, tous sans exception, ne devaient jamais s'approcher du fanal, allumé ou pas. Alice était si sévère sur ce point que jamais personne, même son neveu Michel, qui n'était pas le plus obéissant, n'avait osé enfreindre le règlement.

Lulu racontait aussi à ses amies que pour prendre son bain, elle n'avait qu'à plonger dans le fleuve Saint-Laurent et se rincer les cheveux parmi les longues algues en écoutant chanter les grenouilles... et parfois les sirènes. Les sirènes ! Lulu regrettait d'avoir ajouté ce détail qui jetait tout son récit par terre, mais elle n'avait pu résister à l'élément mystérieux que la présence des sirènes apportait à son histoire.

Elle s'était reprise avec une image bien concrète qui n'aurait pu laisser son auditoire indifférent :

— La toilette, c'est une cabane au fond du jardin, disait-elle en grimaçant de dégoût, pleine d'araignées énormes qui peuvent vous mordre les fesses si vous restez assise trop longtemps. De toute façon, l'odeur est tellement suffocante que j'connais personne qui pourrait tenir plus que cinq minutes, ajoutait-elle en se pinçant le nez.

Et toutes ses amies se tordaient de rire, en se pinçant le nez mutuellement.

— Il n'y a même pas de vrai papier de toilette, il faut utiliser des carrés de papier journal. Quand on tombe sur un bout de bandes dessinées, on reste plus longtemps à l'intérieur.

C'était devenu leur histoire préférée et Lulu inventait chaque fois des détails de plus en plus farfelus. C'était beaucoup plus amusant ainsi.

— Lucie, si tu continues à rêvasser, dit sa maman, on ne sera jamais prêtes pour l'autobus de deux heures.

Lulu n'aimait pas beaucoup que sa maman l'appelle Lucie. C'était sérieux et ça ne présageait rien de bon. C'était le signe avant-coureur d'une nervosité qui allait s'emparer d'une seconde à l'autre de sa chère maman et transformer leur voyage de plaisir en une corvée remplie d'embûches et de contretemps désagréables.

Hélène ne donnait pas sa place quand elle se mettait à voir tout en noir et Lulu savait qu'elle devait réagir rapidement pour empêcher sa mère de commencer à dresser la liste des catastrophes qui pourraient ruiner leur journée, peut-être même leurs vacances et, pour-quoi pas, tout leur été !

Hélène avait les nerfs à fleur de peau. Elle poussa un long soupir qui la calma un peu et, pour accélérer les choses et signifier à Lulu que l'heure du départ appro-chait, elle prit son chapeau sur la commode et le posa bien droit sur sa tête.

C'était un joli canotier de paille blanc avec, sur le devant, fixé au ruban, un bouquet de cerises, rouges et brillantes. Hélène était assez fière de sa dernière création. Excellente modiste, elle prenait rarement le temps de travailler pour son propre plaisir. C'était le chapeau préféré de Lulu, qui lui disait souvent « Maman, regarde-moi ! » juste pour voir les cerises s'entrechoquer quand sa mère tournait la tête brusquement.

Même si Hélène craignait d'abîmer le canotier une fois arrivée à destination — Grand-maman Alice n'était pas une grande adepte du ménage et chaque année Hélène époussetait discrètement les tablettes avant d'y ranger ses vêtements —, elle ne pouvait résister à l'envie de le porter. Elle n'aurait qu'à apporter sa boîte à chapeau ; après tout, elle serait légère une fois vidée de son contenu. Ainsi, elle pourrait le tenir à l'abri de la poussière et des insectes indésirables qui ne manqueraient pas de le choisir comme terre d'accueil. Il y en avait tant d'insectes dans cette île ! *C'est à cause du fleuve,* lui expliquait-on chaque année ; il y en avait même jusque dans la nourriture parfois, quelle horreur !

C'est à cause du fleuve… Ces mots résonnèrent dans la tête d'Hélène qui ne put s'empêcher d'y rester accrochée quelques secondes. Le fleuve ! Les insectes n'étaient pas ce qu'il pouvait apporter de plus terrible. Celui qui l'avait vu un jour se mettre en colère en restait à jamais impressionné. Le fleuve… il fallait le craindre et s'en méfier !

Hélène chassa cette pensée et se concentra sur son image dans la glace. Ses cheveux châtain clair formaient des vagues délicates autour de son visage encore jeune. Elle avait de légers cernes sous ses beaux yeux gris qui semblaient encore plus pâles parce qu'elle était nerveuse et fatiguée. Elle se mit du rouge à lèvres pour se donner un peu d'éclat, mais c'était peine perdue. Sa belle-mère, Alice, lui ferait sans doute remarquer qu'elle avait mauvaise mine et que son séjour à la campagne la remettrait d'aplomb.

Hélène aurait préféré — et cela, elle ne l'aurait confié à personne pour rien au monde — rester bien sagement dans son petit logement si propre et si tranquille et se bercer sur la galerie. Mais Lulu avait besoin d'action, de grand air et d'espace, et elle aimait tant ses séjours à l'île.

« Tout sera parfait, essaya-t-elle de se convaincre. Ce sera un bel été, comme d'habitude, et on finira bien par revenir dans notre petit appartement de la rue Cartier, à l'abri de tout. »

Lulu s'empara de tout ce qui restait sur le lit et le jeta pêle-mêle dans sa valise, qu'elle déposa à l'entrée de sa chambre.

— J'ai fini, maman.

Elle espérait que sa mère, trop heureuse de voir qu'elle était prête, ne songerait pas à faire une dernière vérification. « Oh ! Elle a déjà mis son chapeau, se dit-elle, c'est bon signe. »

Comme elle avait hâte de retrouver son île ! Son cousin Michel et sa cousine Estelle y étaient déjà installés depuis au moins sept jours, les chanceux ! Ils devaient l'attendre avec impatience. Estelle surtout, qu'elle aimait comme une sœur… enfin, Lulu s'imaginait que c'était ainsi que l'on devait aimer une sœur, même si ses amies n'arrêtaient pas de lui raconter les chicanes terribles qui les opposaient à leur sœur bien-aimée. Estelle et elle ne se querellaient jamais.

Estelle était douce et souriante, parfois un peu mélancolique, surtout quand sa mère, Fleurette, avait bu trop de bière et s'endormait devant tout le monde sur le canapé du salon. Mais Lulu savait inventer des histoires pour la consoler et la faire rire, et Estelle était son meilleur public.

Avec son cousin Michel, c'était différent. Il venait d'avoir treize ans, trois ans de plus qu'Estelle et Lulu. C'était un *teenager* maintenant, comme disait son oncle Bob qui vivait aux États-Unis et qui était venu leur rendre visite à Pâques.

— *You're a real teenager now, my boy* *.

— Et les filles de dix ans, on les appelle comment dans ton pays, *uncle* Bob ?

---

* Tu es un vrai adolescent, mon garçon !

Estelle et Lulu avaient posé la question en gloussant. Il était si gentil, *uncle* Bob.

— *You know something? Little girls like you, we don't have to call them because they're always hanging around for candies* **.

Et avec un clin d'œil, il avait fouillé dans son veston et en avait extirpé deux paquets de *salt candies,* ces bonbons salés qui venaient de la Nouvelle-Angleterre et dont les filles raffolaient. Michel en était un peu jaloux, mais Lulu avait partagé avec lui ses bonbons aux si jolies couleurs. Il y en avait même des bleus aussi bleus que les yeux de Michel. « Ses yeux, pensait Lulu, c'est deux petits morceaux de ciel sans nuage… »

— Lulu, tu es certaine de ne pas avoir oublié ta brosse à dents ?

« Elle est drôle ma maman, pensa Lulu, toujours à s'inquiéter de tout et de rien. »

Hélène fit pour la troisième fois le tour complet de leur appartement qui n'était pas bien grand. Au passage, elle replaça le couvre-lit de Lulu pour qu'aucun pli ne vienne déranger le motif fleuri et, d'une petite tape nerveuse, aplatit l'oreiller.

** Savez-vous quoi ? Les petites filles comme vous, on n'a pas besoin de les appeler, elles sont toujours là à attendre des bonbons.

Elle baissa les stores pour protéger les meubles et les tentures des rayons du soleil, ouvrit le réfrigérateur et, satisfaite de son contenu, le débrancha et laissa la porte entrouverte en soupirant.

Tous ces préparatifs et ces choses qu'elle ne devait pas oublier et les petits imprévus de dernière minute et Lulu qui s'excitait comme une puce et avait toujours faim ou soif au mauvais moment! Qu'elle avait hâte de verrouiller la porte, d'arriver au terminus, d'acheter une petite collation pour elle et pour Lulu et de grimper dans le gros autobus!

Elles traverseraient le pont Jacques-Cartier pour la première fois cette année. Et comme chaque année, à la hauteur de l'île Sainte-Hélène, Lulu, excitée, ouvrirait toute grande la fenêtre et sortirait la tête dehors pour respirer un bon coup.

— Ça sent le fleuve, maman. Ça sent bon! Vive les vacances!

— Oui, ma fille, lui répondrait Hélène, en lui prenant la main gentiment pour la forcer à se rasseoir bien tranquille sur son siège. Tu vas bientôt avoir onze ans, tu es une demoiselle maintenant, ne l'oublie pas. Tiens-toi tranquille et regarde le paysage, on est presque arrivées.

Hélène ouvrit son sac à main et donna une menthe à Lulu pour la faire patienter. Lulu ferma les yeux et laissa le fleuve amener jusqu'à elle l'odeur de son monde secret, celui des algues et des poissons, des barbottes et des crapets-soleil…

Le bonbon à la menthe usait ses parois rugueuses contre sa langue et s'adoucissait peu à peu. Elle poussa un soupir de bonheur à la pensée de tout ce qui l'attendait dans quelques minutes. Hélène fut ravie de voir que sa fille s'était calmée. « Qu'elle est jolie, ma Lulu, songea-t-elle, et comme elle ressemble à son papa. Mon cher Lucien… »

Elle jeta un coup d'œil vers le fleuve. Pas la moindre petite vague. « Dieu merci ! Il fait beau, se dit-elle. Pourvu que ça dure. »

3

La traversée

Léon, après avoir enlevé ses chaussures et roulé le bord de ses pantalons, s'était assis un moment sur le quai. Il se trempait les pieds dans l'eau en surveillant l'arrivée de l'autobus sur l'autre rive. Tout était si tranquille. Alice était sans doute occupée à laver le plancher, mais il savait bien que, d'une seconde à l'autre, elle ne manquerait pas, de sa douce voix, de lui prodiguer quelques précieux conseils auxquels il devrait obéir sur-le-champ.

Les yeux perdus au loin, Léon suivait le fil de l'eau. Son mouvement perpétuel engourdissait son âme… Il ne semblait penser à rien.

« Je devrais avoir le temps de me fumer une petite

rouleuse », se dit-il en sortant de sa boîte de métal une cigarette presque parfaite.

Il avait reçu en cadeau une nouvelle machine à rouler, une petite merveille. Malheureusement, toute bonne chose ayant un côté négatif, tout le monde maintenant lui réclamait une cigarette, juste pour voir si la forme de la cigarette serait plus arrondie qu'avant, le tabac bien tassé sans l'être trop, et si, comme il le prétendait, elle ressemblerait à s'y méprendre à celles qu'on vendait dans le commerce. Il avait tant vanté les mérites de sa nouvelle acquisition qu'il en subissait maintenant les conséquences.

Léon avait bien hâte que sa précieuse machine tombe dans l'oubli pour redevenir maître de ses provisions. Et puis, le tabac coûtait cher, beaucoup trop cher. C'est ce qu'il s'efforçait de répéter à tout un chacun, mais personne ne semblait comprendre le message.

Tout à l'heure, Léon retrouverait avec joie sa précieuse collaboratrice, Lulu. Il lui avait appris à couper les morceaux de tabac qui dépassaient et à aligner ensuite les cigarettes en petits tas égaux sur la nappe cirée, un pour chaque jour de la semaine. Lulu semblait si heureuse de travailler avec lui que son vieux cœur usé flanchait pour elle, et il lui réservait ses plus beaux sourires. Ces moments d'intimité avec sa petite-fille lui apportaient de la douceur. Il la regardait du coin de l'œil : elle mettait tant de cœur à l'ouvrage. Elle tenait les ciseaux bien droit, comme il le lui avait montré, et de son autre main soutenait la cigarette sans appuyer, pour ne pas lui faire perdre sa jolie forme, puis donnait un coup de ciseau bref et sec pour couper le surplus de tabac, mais sans jamais accrocher le papier, jamais !

Lulu travaillait le plus sérieusement du monde et ses sourcils froncés lui rappelaient son fils, Lucien, au même âge. « Pauvre Lucien, il n'aura jamais eu le bonheur de serrer cette enfant dans ses bras, lui qui l'attendait avec tant d'amour. » Léon chassa cette pensée. Tout cela appartenait au passé. Il valait mieux oublier.

Mais la vérité, c'est que Léon ne pouvait pas oublier et que la venue de sa petite fille, Lulu, le ramenait chaque été bien des années en arrière alors que Lucien, devenu un homme et sur le point d'être père à son tour, devait disparaître à tout jamais. Comment vivre avec une telle brisure dans le cœur ?

— Léon, penses-tu qu'elles vont traverser à la nage ? lui cria Alice du haut de l'escalier. Qu'est-ce que t'attends pour appareiller ? L'autobus va être là d'une minute à l'autre. Grouille-toi.

— Moi là…

— Ouain… ben toi là… oublie pas tes rames, pis mets ton chapeau, tu vas attraper une insolation. Tiens, l'autobus arrive ! Qu'est-ce que je te disais ? Elles vont croire qu'on les a oubliées.

Alice se précipita à l'intérieur pour prendre sa paire de jumelles qui n'étaient jamais bien loin.

— Ça y est, je les vois. Lulu saute partout comme une sauterelle. Elles ont deux valises… non, on dirait trois. Mais dépêche-toi, Léon. Qu'est-ce que tu fais au juste ?

— J'vérifie si j'ai assez d'essence. Moi là…

— T'as eu tout l'avant-midi pour te préparer, j'peux pas croire que…

La fin de sa phrase se perdit dans le bruit du moteur. Léon avait fini par partir. Alice le suivit des yeux en critiquant la façon dont il remontait le courant et quand il fut trop éloigné, elle prit ses jumelles pour ne rien perdre de ses manœuvres. Elle pouvait voir Lulu qui agitait les deux bras dans les airs en direction de son grand-père.

— C'est grand-papa Léon, c'est lui, maman, j'te jure, c'est lui. Je reconnais la couleur de sa chaloupe, puis on dirait qu'il a quelque chose sur la tête, ça doit être son drôle de chapeau. Grand-papa, grand-papa !

Lulu criait de toutes ses forces et Hélène renonça à lui dire d'être plus discrète ; c'était si beau de la voir exprimer son enthousiasme.

— Viens, Lulu, aide-moi, on va descendre les valises sur le quai, fais attention de ne pas tomber.

L'escalier était abrupt et Lulu peinait sous le poids de sa valise. « Heureusement que maman m'a fait enlever plusieurs choses, pensa-t-elle, je n'aurais jamais réussi à la transporter toute seule. »

Le vieux quai pencha à l'arrivée des deux voyageuses et de leurs bagages et une petite vague effleura le bout des chaussures de Lulu. Elle aurait tant aimé pouvoir les enlever et patauger dans l'eau, mais sa maman lui rappela que de ce côté-ci de la rive, elles étaient encore des citadines et devaient se comporter comme telles. Les vraies vacances ne commençaient réellement qu'une fois rendues de l'autre côté, et il fallait traverser le fleuve pour atteindre la liberté.

— Grand-maman Alice s'attend à recevoir chez elle une jeune fille civilisée, bien mise et impeccable. Nous n'allons pas la décevoir, n'est-ce pas ma Lulu ?

— Non, maman.

« Un peu de patience, se dit Lulu, et je vais enfin retrouver mon île adorée. »

Elle se pencha délicatement pour caresser l'eau du bout des doigts. La température était parfaite, beaucoup moins froide que par les années passées, mais elle n'osa pas en parler de peur qu'Hélène décrète qu'il était un peu tôt dans la saison pour se baigner et l'oblige à attendre quelques jours. Quand sa maman verrait cousins et amis sauter dans le fleuve du bout du quai, elle n'aurait pas le cœur d'obliger Lulu à rester sur la berge à les regarder. « Elle va dire oui, j'en suis sûre. J'ai tellement hâte que je ne sais plus quoi faire pour voir le temps passer. Vite, grand-papa, vite ! Pousse-le à bout, ton p'tit moteur. Vas-y ! »

— Lulu, arrête de te pencher au-dessus de l'eau, tu me donnes le vertige !

Hélène prit la main de Lulu et tira sa fille vers la berge. Elle sentit ses doigts frémir d'enthousiasme à la vue de la grande chaloupe. On pouvait maintenant distinguer la physionomie de son fier capitaine. Sous son chapeau colonial, Léon affichait un air sévère : toute son attention était consacrée à mener sa fragile embarcation jusqu'au quai où il devrait accoster en douceur. Ce qu'il fit de main de maître et, une fois arrivé à destination, il se laissa aller à exprimer son contentement en souriant timidement.

— Bonjour, bonjour, les grandes voyageuses !

— T'as mis ton beau chapeau, grand-papa ! Je t'ai reconnu, je t'ai reconnu de loin.

Lulu fit de gros efforts pour rester calme et attendit sagement son tour pour embarquer. Léon déposa les lourdes valises au fond de la chaloupe en s'assurant que le poids était équitablement réparti, pour maintenir la barque en équilibre. Puis il tendit la main à ses deux précieuses passagères pour bien les installer sur les petites banquettes de bois, les pieds au sec et en toute sécurité. Pas un mot ne fut prononcé durant la manœuvre, comme si les trois participants étaient au courant de l'importance de bien effectuer l'embarquement, tous conscients du danger que pouvait représenter un voyage sur le fleuve, si bref fût-il.

Léon tira d'un coup sec sur la corde de son petit cinq-forces qui lui prouva qu'il avait eu raison de lui faire confiance en pétaradant doucement. Lulu regardait fièrement son grand-père, qui était pour elle un marin d'eau douce sans pareil, et Léon détourna le plus sérieusement du monde son regard vers la côte, là où Alice les attendait en gesticulant de ses gros bras vigoureux, même si elle savait très bien qu'ils étaient beaucoup trop loin pour percevoir l'accueil chaleureux qu'elle leur réservait.

Hélène, elle, après s'être assurée que la banquette où elle se posait était bien sèche, tenait serrée contre elle sa boîte à chapeau et tentait de regarder par-delà le fleuve, là où la terre ferme reprenait ses droits, là où on pouvait échapper à l'emprise des vagues. La traversée n'était pas bien longue mais pesait lourd sur son cœur. Jamais plus elle ne pourrait, croyait-elle, voguer sur l'eau sans sentir la peur l'envahir. Une peur qui échappait à son contrôle et qu'aucune parole raisonnable ne pouvait faire disparaître. Elle regardait les petites vagues pourtant bien innocentes et les accusait déjà de malheurs à venir.

— Regarde, maman. On approche !

L'île n'était au départ qu'une forme vert sombre, un amas de feuillage au milieu de l'eau, mais maintenant, on pouvait distinguer la silhouette des petits chalets, le contour des arbres, les escaliers maigrelets qui menaient jusqu'aux quais, et en se concentrant un peu, on pouvait arriver à discerner quelques formes humaines qui émergeaient de la verdure.

Lulu fut la première à apercevoir grand-maman Alice qui risquait de se démettre l'épaule à force de vouloir signaler sa présence. Lulu ne put résister à l'envie de se lever pour lui faire un signe de reconnaissance.

— Assieds-toi, Lucie! Tu veux nous faire chavirer ou quoi! Combien de fois dois-je te répéter qu'on se tient tranquille dans une chaloupe? Ne bouge pas, je t'en supplie, lui dit sa maman au bord des larmes.

Lulu s'en voulut d'avoir oublié à quel point sa mère détestait cette traversée en bateau. Tout prenait à ses yeux une dimension dramatique.

« Pourquoi, pensa Lulu, les mamans ont-elles toujours des idées sombres dans la tête? Des catastrophes en réserve au cas où, peut-être, il finirait par se passer quelque chose de dangereux alors que tout va pour le mieux? »

Lulu, elle, aurait vogué sans peur pendant des heures dans le petit rafiot de son grand-père. « Le fleuve est si beau et grand-papa Léon, le meilleur des capitaines, rien de mal ne peut nous arriver. » Elle regarda son grand-père en souriant; il lui fit un petit signe qu'il avait la situation en main. « Comme il est sérieux! » pensa-t-elle.

Hélène s'en voulait de s'être énervée pour rien, car s'il y avait une chose qu'elle ne souhaitait pas transmettre à sa fille, c'était bien sa crainte de l'eau, mais Lulu était une enfant qui n'avait peur de rien, il fallait bien lui apprendre la prudence… un malheur est si vite arrivé !

On approchait de la côte. Hélène et Lulu pouvaient maintenant distinguer la mine réjouie d'Alice, auréolée des flammes de sa chevelure qui se consumait au soleil. Elle avait mis pour la circonstance sa belle robe fleurie, qui lui donnait l'air d'un buisson de pivoines roses poussé par miracle sur la rive glaiseuse du fleuve.

Léon perdit son sourire quelque part à mi-chemin entre la dernière partie du trajet et le moment d'accoster : c'est qu'Alice, par sa seule présence physique, avait repris en main les opérations, et son œil vert qui ne laissait rien passer surveillait le moment fatidique où la chaloupe allait aborder le quai. Elle était prête à se précipiter pour diminuer le choc et la retenir pendant que Léon essayerait d'extirper la grosse valise d'Hélène qui regrettait déjà d'avoir apporté trop de choses. Avant qu'Hélène puisse s'en rendre compte, Lulu volait dans les bras de sa grand-mère.

— T'as ben grandi, ma poulette ! La mauvaise herbe, ça pousse vite, hein ?

— Ça paraît, hein, grand-maman ? J'ai pris un demi-pouce depuis Pâques.

— J'comprends que ça paraît, t'es à veille de dépasser ta grand-mère.

Hélène, qui savait à quel point Lulu désirait grandir, fit un petit signe discret à Alice pour lui signifier qu'il valait mieux changer de sujet. Alice reporta son attention sur sa belle-fille.

— T'es ben pâlotte, ma grande. Tu vas voir, on va te remettre sur le piton dans le temps de le dire.

Léon observait la scène des retrouvailles, les deux bras ballants, l'air d'attendre qu'il se passe quelque chose. Alice, d'un ton énergique, mit fin à sa rêverie :

— Envoye, Léon, monte les valises. C'est pas deux petites femmes comme ça qui vont y arriver, c'est certain.

— Ben, moi là…

— Viens, grand-papa, on va t'aider. Maman et moi, on les a transportées toutes seules jusqu'ici, tu sais. Grand-maman, Michel et Estelle sont pas là ?

— Ils sont allés aux fraises avec les petits Tourville, Denis pis Alain, ils devraient arriver d'une minute à l'autre.

— Grand-maman, est-ce que tu penses que l'eau est assez chaude pour se baigner ?

— Assez chaude ? Mais c'est du vrai bouillon, ma petite fille, ta grand-mère se baigne depuis la Saint-Jean.

— Je pense que grand-maman Alice nous raconte des blagues, ma belle Lulu, tu connais son sens de l'humour !

Lulu se planta devant sa grand-mère et la regarda droit dans les yeux. Elle retrouvait avec plaisir tout ce qui faisait le charme d'Alice, sa fantaisie, son exubérance, sa douce folie.

— Est-ce que c'est vrai ? Grand-maman, dis-moi la vérité.

— Si c'est vrai ? Eh bien, je vais te le prouver tout de suite, ma Lulu.

Et grand-maman Alice fit quelque chose que jamais Lulu n'aurait pu imaginer : elle courut jusqu'au bout du quai et plongea tout habillée dans le fleuve, au grand bonheur de sa petite-fille, qui battait des mains et criait bravo.

Léon continua de grimper l'escalier avec la grosse valise sans même se retourner vers le quai. Quand Alice dépassait les bornes, il préférait l'ignorer.

Hélène demeura immobile, un léger sourire sur les lèvres, un sourire de convenance qu'elle utilisait quand elle ne pouvait pas vraiment exprimer ce qu'elle ressentait, un sourire un peu crispé qui en disait long sur tout ce qui la différenciait de sa belle-mère.

Hélène était en colère, mais elle n'osait pas le montrer. « Comment une femme adulte peut-elle encore faire une chose aussi stupide que de se jeter à l'eau tout habillée ? Et devant sa petite-fille ? Quand je pense qu'il va falloir endurer ça pendant un mois ! »

— Voyons, belle-maman !

Lulu avait déjà enlevé ses souliers et sautillait sur le quai en criant :

— Moi aussi, grand-maman, moi aussi…

— Lulu, je te défends bien…

Heureusement, Alice eut la présence d'esprit de répliquer :

— Ta robe est beaucoup trop jolie, ma poulette, on va se baigner toutes les deux cet après-midi, j'te le promets.

Lulu trouva cette idée beaucoup moins excitante, mais elle obéit et remit ses bas et ses souliers. Hélène parut infiniment soulagée. Eh bien ! On pouvait dire que les vacances étaient commencées ! Et ce n'était qu'un début…

4

Le chalet des Côté

En pénétrant dans le chalet, Lulu fut ravie de voir que presque rien n'avait changé depuis l'été dernier. « Ah oui ! remarqua-t-elle, grand-maman a acheté une nouvelle nappe de toile cirée avec des motifs de citrons et de bananes, c'est joli. »

La pièce principale n'était pas bien grande ; elle servait à la fois de salon, de salle à manger et de chambre pour la visite. Le grand canapé était un divan-lit, c'est là que dormirait Hélène. Le plus petit servirait à Lulu qui ne le remplissait même pas dans toute sa longueur. Cette année, Alice y avait ajouté une belle catalogne toute neuve pour les petits matins frileux. À l'arrière, la cuisine rudimentaire voisinait la chambre des grands-parents Côté.

Mais ce que Lulu adorait par-dessus tout, c'était la présence du fleuve qu'elle pouvait admirer de chaque fenêtre. Elle aimait suivre jour après jour ses humeurs changeantes qui ne cessaient jamais de la fasciner.

Une fois les vacances terminées, quand elle retournerait à sa vie de petite citadine, elle garderait longtemps au fond des yeux les mille et un visages de son beau fleuve. Ces images seraient pour elle un réconfort quand la monotonie du quotidien deviendrait trop lourde pour son cœur.

Son beau fleuve ! Elle aimait s'asseoir tranquille sur le quai et lui confier ses secrets, naviguer sur ses eaux avec son grand-père, y pêcher des poissons barbus, débusquer des sangsues, cueillir de longues quenouilles que son cousin Michel faisait brûler même si c'était défendu : le fleuve était son ami pour toujours. C'est ce qu'elle pensait.

« Tiens ! Grand-maman aime encore le rose saumon », se dit Lulu qui s'attendait à voir les murs peints d'une autre couleur cette année ; sait-on jamais, avec cette manie qu'avait Alice de vouloir tout changer.

Elle éprouva un petit bonheur en voyant que tout était resté dans le même état. Les rideaux de cretonne délavés, que l'on fermait pour la nuit, pendouillaient encore au bout de leurs vieux crochets un peu rouillés, et le passage récent de la vadrouille aux longs cheveux avait chaise longue, maman qui brode à l'ombre, Fleurette qui jacasse sur le sentier, et les oiseaux et les abeilles et toutes les choses vivantes sur cette île, nous pouvons nous mettre à l'abri dans les grands bras caressants de grand-maman Alice. »

Lulu, assise sur le pas de la porte, surveillait les allées et venues.

— Grand-maman, il y a ma tante Marguerite qui s'en vient avec une femme que je connais pas.

— J'arrive ma pitoune, j'arrive… Ah ! C'est son amie Lison qui est venue se reposer dans l'île. Une petite *cup of tea*, les filles ? Venez, venez ! Lison, j'vais te présenter ma petite-fille, Lucie.

— Pas Lucie, grand-maman, Lulu !

Les femmes s'installèrent à l'ombre sur de grosses chaises en bois et Lulu aida à servir le thé et les biscuits. Puis elle s'assit discrètement sur une bûche, par terre, et les écouta jaser à bâtons rompus.

Il n'y avait jamais de temps morts dans la conversation, très peu de silence. Leurs voix se mêlaient en une douce musique ininterrompue et quand l'une d'elles s'arrêtait pour déguster son thé, une autre prenait immédiatement la relève. Lulu adorait ces après-midi où le temps ressemblait à une tasse de thé que l'on sirote doucement… et puis, grand-maman achetait toujours ses biscuits préférés.

laissé un drôle de dessin sur le prélart craquelé, comme si un ange avait traîné par terre le bout de ses ailes. « Grand-maman a dû se dépêcher de faire le ménage avant notre arrivée », se dit Lulu.

— Défais ta valise, ma pitoune, lui dit Alice. Regarde, j't'ai posé une nouvelle tablette.

Sur les murs en latte de bois peint, Alice installait, au gré de sa fantaisie et de ses besoins, des tablettes improvisées, des crochets. Près de la porte d'entrée, Léon avait le sien. Personne n'avait le droit de l'utiliser ; c'est là qu'il accrochait toujours son fameux chapeau et sa paire de jumelles, son bien le plus précieux.

À côté de son lit, Lulu avait ses propres crochets pour y suspendre sa robe de chambre et sa serviette. Sur sa tablette, grand-maman avait déposé les trésors de Lulu : la boîte à tabac que Léon lui avait donnée pour ranger ses barrettes et ses élastiques, ainsi que les belles roches qu'elle avait ramassées dans le chenal l'année dernière.

Hélène se pencha discrètement vers sa fille et lui chuchota à l'oreille :

—Vérifie si les tablettes sont propres avant de mettre ton linge dessus.

Lulu était loin de partager ce souci maternel, elle était si contente de retrouver son coin ! Elle se hâta d'empiler ses choses dans le petit meuble près de son lit, déposa ses livres, son miroir et ses articles de toilette sur sa tablette, se débarrassa en vitesse de ses vêtements de citadine et enfila ses shorts, sa blouse pas de manches et ses sandales.

— N'oublie pas de suspendre ta robe à un cintre, Lulu. Tu vas la mettre dimanche pour aller à la messe.

— Est-ce que mon oncle André chante toujours la messe, grand-maman?

— Oh oui! ma fille. Il laisserait pas sa place pour rien au monde.

Celui que Lulu appelait affectueusement *mon oncle André* était le beau-frère d'Alice, qui avait eu le malheur de perdre sa femme, Henriette, il y a trois ans. Elle avait succombé à un cancer et André n'avait plus jamais été le même homme. Il avait pourtant continué à faire les mêmes choses qu'avant : travailler à la manufacture de bonbons et chocolats Laura Secord, chanter la messe tous les dimanches, fumer la pipe en se berçant sur son balcon, taquiner ses neveux et nièces, écouter de la musique classique sur son gramophone à manivelle, mais un sourire un peu niais marquait maintenant ses lèvres, et son visage n'avait plus qu'une seule expression, celle d'un homme que la mort avait frôlé de son aile et qui en était resté éberlué.

Quand elle le voyait passer devant chez elle après le souper, Alice disait : « Pauvre André, il met un pied devant l'autre, mais c'est juste pour avoir l'air d'avancer. Cet homme-là essaie de rester en vie, c'est ben triste à

voir. Viens donc prendre une petite *cup of tea*, mon André, ça va te faire du bien. »

C'était ainsi qu'Alice apostrophait tous ceux qui avaient la bonne idée de passer devant sa porte. Lulu adorait cette manie de sa grand-mère ; grâce à elle, il y avait chaque jour au chalet de la grande ou de la petite visite qui venait jaser, cancaner gentiment et se raconter les derniers potins de l'île. Tous les insulaires formaient une grande famille où l'on ne s'ennuyait jamais, et l'on pouvait toujours trouver quelqu'un de disponible pour discuter de tout et de rien.

En ouvrant toute grande la porte de sa maison, Alice ouvrait aussi son cœur à ceux qui avaient besoin d'un peu de réconfort. Son cœur était si grand qu'il débordait les frontières de son modeste univers, comme la petite Alice de Lewis Carroll. Lulu adorait cette histoire. Un jour, la petite Alice avait bu une potion magique et elle était devenue si immense que sa tête, ses bras et ses jambes avaient défoncé les murs, les fenêtres et le toit de sa maison.

Mais grand-maman Alice n'était pas prisonnière de son logis, elle. Au contraire! Lulu la voyait plutôt comme une géante qui portait dans ses bras une partie de l'univers : son vieux chalet et sa clôture saumon, et toute la nature qui gravitait autour, peuplée d'êtres chers. « Et moi aussi, je suis là, pensait Lulu, assise parmi les fleurs et nous tous, grand-papa Léon qui sommeille dans s

— Ma chère Lison, dit Alice, j'te dis que tu vas avoir du beau temps pour tes vacances. *L'Almanach du peuple* nous prédit un mois de juillet incroyable. On va battre tous les records de chaleur depuis des années.

— Je supporte mal le soleil…, répondit Lison qui était si pâle dans sa robe blanche à fleurs mauves.

Elle caressait les appuie-bras de la chaise comme si elle cherchait une façon de se raccrocher au monde réel.

— Fais comme moi, porte un grand chapeau de paille et tiens-toi à l'ombre, c'est pas les arbres qui manquent sur notre île. Il faut profiter de l'été, ça passe si vite !

— Elle est encore en convalescence, glissa Marguerite comme pour l'excuser, elle a pas tout à fait repris ses forces…

Lulu se demandait bien de quelle maladie elle avait pu souffrir et se promit de questionner sa grand-mère après la départ de la visite. Elle regarda Lison à la dérobée. Lulu se souvenait qu'il était très impoli de dévisager les gens, mais elle eut le temps de s'apercevoir que Lison était sur le point de pleurer, ce qui ne fit que l'intriguer davantage.

— Va te baigner tous les jours, l'eau du fleuve fait des miracles, ma petite fille, tu vas voir, continua Alice, qu'aucun argument ne pouvait arrêter quand elle avait décidé de remettre quelqu'un sur pied. Pis je vais te donner une bouteille de tonique à base d'herbes, c'est mémère Tourville qui le fabrique elle-même. C'est une recette secrète qu'elle tient de ses ancêtres. Sa grand-mère était algonquine. Dans une couple de jours, tu m'en donneras des nouvelles. C'est pas bon à avaler, j'te préviens, mais ça vous remet sur le piton en un rien de temps. J'vais te la présenter, mémère Tourville, elle s'appelle Mimi, c'est tout un numéro !

Alice se rapprocha de Lison et, l'air coquin, lui chuchota à l'oreille :

— Puis si tu veux connaître ton avenir, elle lit dans les cartes et les feuilles de thé.

— Mon avenir ! J'pense que j'en ai plus, répondit Lison d'une voix douce, comme se parlant à elle-même.

Alice jeta un coup d'œil à sa petite Lulu qui semblait fascinée par leur conversation.

— T'es encore jeune, ma belle Lison, tu vas voir, tout va se replacer. Pis il paraît que t'as une jolie voix à part ça, quand tu te sentiras mieux, tu viendras chanter avec nous. Mon accordéon est aussi vieux que moi, mais il est encore capable de nous accoter. Hein ? ma Lulu, que ta grand-mère donne pas sa place à l'accordéon ?

Lulu se dit que sa grand-mère ne donnait pas sa place surtout quand une âme malheureuse venait frapper à sa porte.

— Toi aussi tu vas chanter avec nous autres, ma pitoune.

— Oh ! non. J'peux pas, grand-maman.

— Pourquoi ?

— Maman dit que je fausse. J'peux même pas chanter *Au clair de la lune* comme il faut. Je le chanterais là, que tu ne le reconnaîtrais même pas.

— Voyons donc, ça se peut pas. Si tu sais parler, tu sais chanter. T'es pas muette à ce que je sache.

— Grand-maman Alice, ne vous obstinez pas, l'interrompit Hélène. Ma Lulu est un cas désespéré.

— Eh bien ! C'est ce qu'on va voir. D'ici la fin du mois, tu vas surprendre tout le monde, ma petite poulette d'amour.

Lulu retint son souffle de peur qu'Alice ne lui demande sur-le-champ de lui fredonner quelque chose. « Oh ! Mon Dieu ! Quelle horreur ! Si grand-maman Alice croit vraiment qu'elle va réussir à me faire chanter, elle est bourrée d'illusions, comme disent les grandes personnes. »

Les femmes reprirent doucement leur bavardage, qui se poursuivrait bien après que le thé n'eut refroidi au fond de la théière et que le vent eut dispersé au loin les miettes de biscuits restées dans la grande assiette au soleil. Alors, les femmes se lèveraient et remercieraient poliment Alice de son hospitalité. Lison embrasserait Lulu avec une tendresse pleine de mélancolie, parce qu'elle était petite encore et que son avenir brillait de toutes ses couleurs.

Après leur départ, grand-maman Alice s'attaquerait

au souper avec la même vigueur qui la faisait se préoccuper du bonheur d'autrui. Lulu comprendrait que la vie est faite de petites tâches à accomplir et que c'est dans l'action que se cachent les joies de l'existence.

— Grand-papa, j'ai fini de vider ma valise, voudrais-tu la ranger dans le cabanon dehors?

— Oui, mais viens avec moi, Lulu. J'vais te montrer comme mon jardin va être beau cette année.

Léon pouvait en toute humilité parler de *son jardin* parce qu'il en était le seul grand responsable. Chaque année, dès le mois de mai, il passait des heures à préparer la terre, à semer, à surveiller jalousement ses framboisiers.

Malheur aux coquins qui osaient s'aventurer sans sa permission entre les rangées bien droites de carottes, d'oignons et de haricots verts! Si l'un d'entre eux était pris en flagrant délit de croquer sur place un légume mûri à point, il se voyait chassé aussitôt du jardin et n'avait plus le droit d'y mettre les pieds de tout l'été. Lulu et ses cousins avaient toutes sortes de ruses pour réussir à subtiliser quelques carottes bien tendres, accusant les lièvres d'avoir une prédilection pour le potager de Léon. Même si tous ces fruits et légumes finiraient bien un jour par se retrouver dans leur assiette, rien n'était comparable au plaisir de les dévorer à quatre pattes sur la terre toute chaude de soleil.

— On va avoir beaucoup de framboises cette année, et si les lièvres ne mangent pas toutes mes carottes, ça va bien aller.

— Si j'en vois, grand-papa, je vais les faire fuir, je te le promets.

Lulu avait répondu avec un accent de sincérité qui la surprit elle-même. Léon resta imperturbable comme d'habitude. « Je me demande à quoi il pense, mon grand-père, quand sa figure n'exprime rien du tout. Ça doit être un mystère de la vie, comme dit maman. »

— Bon, j'vais faire une petite sieste, ma fille.

Léon alla s'étendre sur sa chaise longue à l'ombre du saule pleureur.

— Lulu, viens ici, lui cria Alice d'une voix joyeuse. J'vais te montrer les nouvelles salières que l'oncle Bob m'a apportées des States.

— Est-ce que tu crois que je pourrais les nettoyer en attendant qu'Estelle arrive ?

— Ben oui, j'vais te sortir un bac d'eau et du savon. Tu peux t'installer dehors sur la table à pique-nique.

Tous les étés, Lulu avait pour tâche de laver chaque morceau de la collection de salières et de poivrières de sa grand-mère. Elle s'acquittait de ce travail avec joie parce qu'une fois sa mission accomplie, Alice lui permettait de les ranger à sa guise sur les étagères qu'elle avait fabriquées spécialement à cet effet. Alice avait toujours son marteau et ses clous à portée de la main. Si quelqu'un lui offrait une nouvelle pièce pour sa collection et que l'espace lui manquait, elle s'empressait de construire une niche dans un coin inoccupé pour ranger ses petites merveilles.

Ce passe-temps avait commencé mine de rien quand Alice avait rapporté de son voyage de noces aux chutes Niagara une salière et une poivrière blanches ornées d'un dessin bleu illustrant la partie en fer à cheval des chutes avec, au-dessus, écrit à la main : *Niagara Falls.* Par la suite, sa sœur Fleurette, durant son seul et unique voyage, lui avait acheté deux répliques minuscules de la statue de la Liberté, sur lesquelles étaient inscrits les mots « *salt* » et « *pepper* ». Alice les avait soigneusement placées côte à côte en rêvant qu'elle irait un jour, elle aussi, dans la grande ville de New York. À la suite de cela, chaque fois que quelqu'un effectuait un voyage, il tentait de faire grossir la collection d'Alice.

Elle avait maintenant des petits animaux de toutes sortes : cochons grassouillets, chats roulés en boule, chiens aux aguets, oiseaux bleus et canaris jaunes. Et des légumes : épis de maïs poilus, oignons, concombres souriants.

Lulu aimait par-dessus tout les objets farfelus comme la cuillère et la fourchette dansantes, le baril de poudre, les dés à jouer, mais la pièce de résistance de ce petit univers de verre et de porcelaine était sans contredit la nouvelle acquisition d'Alice, celle que l'oncle Bob lui avait rapportée de son Maine natal. Lulu écarquilla les yeux de bonheur quand elle vit les deux homards d'un rouge éclatant qui trônaient sur la nouvelle étagère. Ils étaient tout petits, mais il ne manquait rien à leur anatomie et leurs pinces ouvertes se dressaient dans les airs. Sur leur carapace, on pouvait lire le mot « Maine » en lettres noires, et Lulu savait qu'Alice avait un faible pour les objets de sa collection dont on pouvait identifier la provenance : les deux truites d'Ausable Chasm, les clowns du parc Belmont, les cloches de l'oratoire Saint-Joseph, les phares de la Gaspésie et maintenant les homards du Maine. Qu'il était gentil, oncle Bob !

— Grand-maman, moi aussi je vais penser à toi quand je vais faire mon premier voyage, tu vas voir, j't'oublierai pas.

Alice regarda tendrement sa petite-fille.

— J'espère que tu vas faire de beaux et longs voyages, ma petite Lulu, c'est un des grands plaisirs de la vie.

— Grand-maman, quand je vais avoir fini de les laver, est-ce que je peux mettre tous les animaux ensemble, puis les fruits, puis...

— Tu fais comme tu veux, ma pitoune, c'est toi qui décides. Mais si tu mets le cochon à côté du p'tit chat, il va y avoir du grabuge !

— Ben non, grand-maman, j'vais fabriquer une

petite clôture avec des bâtons de popsicle. Grand-papa, as-tu de la colle ? Viens m'aider…

Hélène interrompit sa lecture pour rappeler sa fille à l'ordre.

— Grand-papa sommeille dans sa chaise longue. Pourrais-tu parler moins fort.

— Mais j'ai besoin de lui tout de suite, sinon il va y avoir du grabuge, grand-maman l'a dit.

Lulu s'agitait. L'idée d'entreprendre une nouvelle tâche la rendait fébrile et impatiente. Non seulement elle imaginait très bien ce que donnerait son rêve une fois réalisé, mais elle anticipait déjà les améliorations qu'elle pourrait apporter à son projet : elle collerait des morceaux de branche d'épinette au bord de la clôture en guise de bosquet, utiliserait un peu de sable pour faire un sentier, une petite roche deviendrait un rocher, des brins de paille serviraient d'étable à monsieur le Cochon et madame la Truie.

« C'est fou ce qu'on peut inventer dans un monde miniature, se dit Lulu, le moindre petit objet peut devenir tout autre chose… Estelle et Michel vont m'aider. On va bien s'amuser… Non, pas Michel ! Avec ses gros doigts, il risquerait de tout briser, mais Estelle, elle, va être parfaite pour ce travail. Ah, l'été ! C'est vraiment ma saison préférée ! »

5

Le cauchemar de Léon

Lulu se redressa sur le divan, repoussa la catalogne qui l'écrasait de tout son poids et s'étira le cou pour voir, sous le rideau de cretonne, la pluie qui tombait doucement. « Chouette ! Il pleut », pensa-t-elle.

Les gouttes d'eau, si fines, se voyaient à peine, mais elles formaient un écran translucide qui attendrissait le paysage. Lulu se sentit fondre au creux de son lit. Elle adorait la pluie, celle qui tombe en douceur dès le lever du jour, la pluie qui adoucit les couleurs de la nature et vous pousse à vous réfugier à l'intérieur de vous-même, là où tout peut arriver.

Elle se leva sur la pointe des pieds pour ne réveiller personne. L'horloge indiquait sept heures et toute la maisonnée dormait profondément, bercée par la petite musique de la pluie qui tambourinait sur le vieux toit de tôle. « Tic toc, tic tac, reposez-vous encore, disait la pluie, ô vous tous qui cette nuit avez si mal dormi. Tic tac… Surtout toi, mon pauvre Léon, tu es si fatigué, laisse-moi arroser tes salades et tes melons. Tic toc, tic tac. Il faut que je me dépêche, le soleil sera bientôt de retour. Tic… tac… toc. »

La nuit dernière avait été très agitée. Grand-papa Léon avait fait un de ses fameux cauchemars qui terrorisait tout le monde, en particulier les enfants. Même Michel et Estelle, qui pourtant habitaient le chalet voisin, se réveillaient quand ils l'entendaient crier. Surtout la tendre Estelle, qui frémissait de peur dès que quelqu'un élevait la voix. Elle s'asseyait dans son lit en retenant sa respiration et attendait que la crise passe. Michel, lui, enfouissait sa tête sous l'oreiller et se rendormait aussitôt.

Léon, si tranquille durant le jour, qui parlait si doucement qu'on devait parfois lui faire répéter ce qu'il venait de dire tant son timbre de voix était étouffé et timide, ce même Léon devenait un tout autre personnage la nuit quand, aux prises avec un ennemi imaginaire, il se mettait à hurler de toutes ses forces.

Léon était le premier à souffrir de cette curieuse transformation de sa personnalité, mais il ne cherchait pas à comprendre cet étrange phénomène. Il le subissait et en était la pauvre victime. Cet autre Léon qui le tourmentait, comment aurait-il pu deviner que c'était une part de lui-même qui cherchait à s'exprimer ? Non, il ne connaissait pas cet homme-là, c'était un intrus.

Alice aussi avait du mal à reconnaître son mari quand il se mettait subitement debout au milieu du lit et combattait avec ses poings une puissance maléfique qui n'avait peut-être rien d'humain, même si les bribes de phrases entrecoupées de cris que l'on pouvait saisir semblaient s'adresser à un homme, un vrai. Un homme qui l'attaquait, un voleur peut-être. Lulu en était venue à cette conclusion parce que grand-papa Léon comptait souvent ses sous et parlait toujours du prix des choses. Alors, si quelqu'un pouvait l'impressionner à ce point, ce ne pouvait être qu'un voleur qui en voulait à son portefeuille.

Hélène, qui ne parlait jamais en mal de personne, avait dit un jour à Fleurette que Léon était un vieux grippe-sou et elles avaient beaucoup ri toutes les deux sans savoir qu'Estelle et Lulu, cachées sous la véranda, épiaient leur conversation. « Un vieux grippe-sous ! Quelle drôle d'expression. Est-ce qu'on attrape ça comme on attrape un gros rhume ? se demandait Lulu. Encore un mystère de la vie ! »

Cette nuit-là, vers trois heures du matin, alors que Lulu dormait profondément, Léon cria très fort : « Rends-le moi, mon maudit ! » en donnant des coups de pied dans le vide. Lulu se réveilla le cœur battant et aperçut l'ombre de son grand-père qui gesticulait sur le mur, à la lueur de la bougie, comme un pauvre pantin désarticulé.

Alice agrippa solidement Léon par le bras et le cloua au matelas. « Pour l'amour du bon Dieu, Léon, réveille-toi. On va t'entendre jusqu'à la ferme des Tourville. Tu vas être la risée de toute l'île. Réveille-toi, m'entends-tu, Léon ? »

Léon, terrassé par ce qu'il croyait sans doute être son ennemi sanguinaire, rendit les armes en pleurnichant. Ses lèvres bafouillèrent quelques jurons défendus pendant qu'Alice lui tapotait le dos de sa grosse main maternelle. Puis ce fut le silence. Peu de temps après, Léon se mit à ronfler, épuisé par ce combat. Sa femme le tourna sur le côté pour le faire taire, souffla la bougie et essaya de se rendormir.

Dans l'obscurité et le calme revenu, elle songea qu'elle aurait aimé, au moins une fois, dormir toute une nuit sans se réveiller, pouvoir vivre ses rêves jusqu'au bout, passer du soir au matin sans transition, fermer les yeux en même temps que s'éteint la bougie et ne les rouvrir qu'à l'heure où le soleil se glisse jusqu'à son oreiller. « Qu'il doit être doux, pensa-t-elle, de plonger dans l'eau limpide de son propre sommeil et de s'y laisser couler pendant des heures ! » Léon eut un nouveau soubresaut, mais Alice commençait déjà à s'engourdir dans une bienheureuse mollesse.

Lulu, qui, malgré sa peur, n'avait pu résister à l'envie de suivre l'action d'un peu plus près, regagna son lit à petits pas de souris. Hélène, qui ne dormait pas, lui chuchota :

— Recouche-toi, ma chérie. C'est fini. Dors bien.

— Est-ce qu'il va rêver encore ? demanda-t-elle d'une voix inquiète.

— Mais non, c'est fini, va vite te coucher. Bonne nuit.

Alors quand Lulu se réveilla avant tout le monde ce matin-là, elle fit très attention de ne pas faire de bruit car toute la famille reprenait possession du sommeil que Léon, voleur à son tour, leur avait subtilisé. « J'espère que ce sera pas comme ça toutes les nuits », se dit-elle. D'année en année, elle oubliait à quel point son grand-père avait un sommeil agité.

« Mais c'est quand même drôle qu'il ne se souvienne de rien le lendemain matin », pensait-elle. Lulu avait essayé à plusieurs reprises de découvrir à quoi il pouvait bien rêver en lui posant toutes sortes de questions, mais rien à faire. Plus elle le questionnait, plus il se repliait sur lui-même. Léon aurait bien aimé pouvoir répondre à sa petite-fille, mais c'était impossible. Ses cauchemars appartenaient au monde du sommeil : ils disparaissaient comme par magie à son réveil et il n'en gardait aucun souvenir.

Alice, fatiguée par le manque de sommeil, avait fini

par consulter le docteur Longpré qui avait diagnostiqué une forme de somnambulisme.

— Chère madame, lui avait dit le vieux docteur en pesant bien chaque mot, il n'y a aucun remède qui puisse empêcher les cauchemars de visiter certaines personnes, et tout ce que vous pouvez faire, c'est d'éviter que votre mari ne se blesse pendant ses bagarres nocturnes. Les êtres portés à faire ce genre de cauchemars sont souvent des êtres sensibles qui n'arrivent pas à exprimer durant le jour les sentiments qui les troublent. Essayez de voir avec votre mari s'il n'est pas préoccupé en ce moment par quelque chose en particulier.

— Faire parler un muet serait plus facile, docteur ! lui avait répondu Alice en levant les yeux au ciel.

— Alors n'insistons pas. Je vais quand même lui prescrire un léger somnifère qui pourra peut-être le soulager, mais je ne vous promets rien.

Le médicament était malheureusement inefficace et Fleurette, que les mauvais rêves de son beau-frère exaspéraient, avait ironiquement suggéré que ce serait beaucoup plus utile si Alice en prenait elle-même et en distribuait à ses plus proches voisins. « Au moins, on pourrait se reposer de temps en temps ! »

Lulu ne comprenait pas très bien à quoi pouvait ressembler un cauchemar, elle ne faisait que de très beaux rêves.

— Grand-papa, la nuit dernière, j'ai rêvé que je survolais notre île sur les ailes d'un oiseau. Le ciel était plein d'étoiles, je pouvais presque les toucher du bout des doigts. Je regardais notre petite maison ; tout était sombre, sauf les lys de grand-maman qui brillaient comme des petits fanaux dans la nuit. J'ai pensé, dans mon rêve, que j'aurais aimé t'amener avec moi, mais il n'y aurait pas eu assez de place pour nous deux, mon oiseau était trop petit. Toi, grand-papa, à quoi t'as rêvé cette nuit ?

— Tu le sais bien, Lulu, j'me souviens jamais de mes rêves.

Léon avait les traits tirés et le teint pâle. Toutes ces nuits agitées le rendaient fragile et vulnérable. Lulu continua quand même à lui raconter chaque jour les beaux rêves qui embellissaient ses nuits. Elle espérait que, par un pouvoir mystérieux, ses récits auraient une bonne influence sur l'esprit de Léon.

— Tu devrais faire comme moi, grand-papa : juste avant de m'endormir, je pense à quoi j'aimerais rêver pendant la nuit, je me concentre très très fort et ça marche, j'te jure. Tiens, le mois passé, j'ai vu un beau petit chien au Pet Shop près de chez nous. J'allais le voir tous les jours, tellement qu'il me reconnaissait quand j'entrais dans le magasin. Il sautait dans la cage et frétillait de la queue. Il se calmait seulement quand je lui donnais ma main à lécher. Je me penchais pour être à sa hauteur et il me donnait plein de becs sur le nez. C'était drôle ! Je l'aimais tellement… et lui aussi, il m'aimait, c'est sûr. J'ai supplié maman de me l'acheter. J'étais prête à sacrifier mon argent de poche de plusieurs mois pour aider à le payer. C'était un chien de race, grand-papa, alors tu comprends, il coûtait très cher. La vendeuse me l'a expliqué : « C'est un terrier, un excellent chien de compagnie. » Et moi qui ne demandais justement qu'à lui tenir compagnie ! Mais ça n'a pas été possible. Maman m'a expliqué que c'était compliqué d'élever un chien dans un appartement au troisième étage, sans parler de nos voisins d'en dessous, qui n'arrêtent pas de se plaindre du moindre bruit même si on fait très attention. J'ai beaucoup pleuré, mais j'ai compris.

— Tu es une brave petite fille, ma Lulu.

Léon l'avait écoutée sans l'interrompre. Il comprenait que son chagrin n'était pas encore tout à fait effacé et qu'elle avait besoin de le raconter à quelqu'un.

— Un après-midi, après l'école, je me suis précipitée comme d'habitude pour aller voir le p'tit chien pas de nom, c'est comme ça qu'on l'appelait maman et moi, mais la cage était vide. Il était parti… parti avec un petit garçon qui paraît-il avait une grande cour où il pourrait courir toute la journée et être très heureux. Le petit garçon l'avait appelé Boby. Boby ! Pauvre lui ! Je n'arrêtais pas de regarder la cage, comme s'il allait apparaître tout à coup et passer son museau mouillé entre les barreaux.

J'ai demandé où il habitait maintenant, j'voulais aller lui dire bonjour une dernière fois, mais c'était trop loin. Il était parti à la campagne, tu comprends. J'ai été très triste pendant quelques jours, puis un soir, j'ai trouvé un moyen pour le revoir.

— T'as pas fait de bêtises, j'espère !

— Oh non, grand-papa ! J'ai trouvé un truc. Avant de m'endormir, je pense à lui très fort. Je ferme les yeux et je fais le souhait de le voir en rêve, puis je m'endors le plus vite possible avec son image dans ma tête. Et ça marche ! Je rêve très souvent à lui. Je l'adore, et il nous arrive plein d'aventures tous les deux.

Léon regarda sa petite-fille tendrement.

— Tu le vois vraiment ?

— Oui, je le serre dans mes bras. Je reconnais son odeur, et ses poils me chatouillent le nez. C'est lui, j'en suis sûre.

Léon n'avait pas l'air d'en douter et Lulu s'excita à l'idée de pouvoir en raconter davantage à son grand-père.

— Mais il y a juste un problème, lui dit-elle, l'air songeur.

— Il n'est pas devenu méchant au moins ? s'inquiéta grand-papa.

— Non, non ! Mais il s'est un peu transformé dans mon sommeil. Il n'est plus tout à fait le même. Je suis allée voir dans un livre à la bibliothèque et j'ai vu sa photo ; c'est lui tout craché !

— Il est de quelle race alors ?

— C'est un fox terrier. Il a des petites oreilles qui se replient quand il m'écoute et son poil est de plusieurs couleurs. Quand il me voit arriver, il se tortille de plaisir et sa queue bat à toute vitesse.

Léon se demanda lequel des deux se réjouissait le plus de ces retrouvailles.

— Est-ce qu'il s'appelle Boby ?

Lulu sourit, très fière de sa trouvaille.

— Non. Je l'ai baptisé Good Night. Maman dit que c'est pas un nom de chien, mais moi je trouve que ça lui va tellement bien ! Après tout, il vit seulement la nuit, alors Good Night, c'est bien, non ?

— C'est un très joli nom. Tu es une petite fille pleine d'imagination. J'aimerais bien avoir un Good Night moi aussi.

— C'est facile, grand-papa. T'as qu'à le désirer très fort.

Et elle ajouta d'un petit ton à peine narquois :

— Et puis ça coûte rien !

— Hmm… J'vais y réfléchir, répondit sérieusement Léon qui n'avait pas saisi l'allusion de Lulu à sa manie de vouloir économiser à tout prix.

6

Une rencontre imprévue

Le temps était au beau fixe depuis le matin et Lulu, pleine d'énergie, cherchait comment occuper son après-midi.

— Maman, moi puis Estelle, est-ce que…

— Lulu, je te l'ai répété cent fois, on dit « Estelle et moi »…

— Oui, oui, je sais. Estelle et moi, est-ce qu'on peut aller rendre visite à ma tante Soleil ?

Les deux sœurs de Léon, Solange, que la famille avait baptisée « Soleil » à cause de sa bonne humeur à toute épreuve, et Maria, surnommée « ma tante La Fille » parce qu'elle ne s'était jamais mariée, partageaient chaque été un joli petit chalet, de l'autre côté de la ferme des Tourville. Lulu n'avait jamais su pourquoi les deux sœurs avaient choisi ce coin isolé alors que tout le reste du clan était regroupé à l'autre bout de l'île.

L'univers de Lulu était encadré par la présence à l'ouest des sœurs Côté et à l'est des sœurs Champagne. Entre les deux, Ulysse et Maria Tourville et leurs nombreux enfants cultivaient la terre, engrangeaient le foin et faisaient des réserves de bloc de glace, tenaient un petit magasin dans un coin de la salle qui servait de piste de danse tous les samedis soirs. Ils s'occupaient aussi de faire traverser ceux qui n'avaient pas de bateau. Les habitués n'avaient qu'à lever le drapeau de l'autre côté de la rive et Mimi Tourville, postée à la fenêtre de son magasin, prévenait son mari qui faisait la navette plusieurs fois par jour. Rien de ce qui se passait sur l'île n'échappait à l'œil vigilant de mémère Tourville.

Hélène donna la permission aux deux cousines de s'aventurer jusque chez Solange à condition de ne pas quitter le sentier et de revenir à temps pour le souper. Estelle et Lulu étaient contentes de se retrouver toutes seules un moment. Elles avaient l'après-midi devant elles et le ciel était pur, pas le moindre nuage.

— Est-ce qu'on peut apporter nos maillots? Les tantes vont nous surveiller.

Hélène sembla très contrariée par cette proposition et hésita longuement avant d'accorder sa permission. Elle n'osait pas le dire ouvertement, mais l'histoire de l'île avait son lot de légendes sordides rattachées à la toute-puissance du fleuve. Hélène connaissait par cœur ses vieilles histoires et même si, en toute logique, elle refusait de les croire, elle ne pouvait pas s'empêcher d'y penser.

— Tes vieilles tantes ne savent même pas nager! Comment feraient-elles pour venir à votre rescousse? Tu ne te rends pas compte à quel point c'est dangereux.

— Mais qu'est-ce que tu veux qu'il nous arrive? On nage comme des poissons toutes les deux. On peut prendre les grosses tripes avec nous si tu préfères… puis on s'éloignera pas du quai, de toute façon. Dis oui, s'il te plaît. *Please*, maman!

Lulu se faisait suppliante.

— C'est vrai que vous nagez bien toutes les deux, mais il ne faut jamais présumer de ses forces. Une crampe est si vite arrivée, on n'est jamais assez prudent. Crois-moi, Lulu, il est très dangereux de se baigner dans le fleuve. S'il fallait qu'il t'arrive un malheur, j'en mour-rais aussitôt ou je deviendrais folle…

— Maman, tu imagines toujours le pire, c'est fati-gant. Si je t'écoutais, il faudrait que je reste assise toute la journée, sage comme une image : là, c'est sûr qu'il ne m'arriverait rien! Oh! Et même là, on ne sait pas, le ciel pourrait me tomber sur la tête…

— Ca suffit Lulu, j'ai compris. Je vous accorde ma permission, mais à la stricte condition que vous restiez près du quai. Si vous ne m'obéissez pas, je le saurai de toute façon, et ce sera la fin des baignades pour l'été. Est-ce que c'est clair ? Allez ! Prenez vos serviettes et sauvez-vous avant que je ne change d'avis.

Hélène avait fini par céder contre son gré. « Mon Dieu ! Pourvu que je n'aie pas à le regretter ! » Elle eut à peine le temps d'essuyer quelques gouttes de sueur sur son front avec son mouchoir de dentelle que les cousines s'étaient déjà engagées sur le sentier. Hélène leur cria une dernière recommandation :

— N'oubliez pas d'attendre deux heures avant de vous baigner, vous venez juste de manger !

Les deux cousines lui envoyèrent la main pour signifier qu'elles avaient bien reçu le message et hâtèrent le pas avant qu'Hélène ne sorte autre chose de son sac à conseils.

Elles aimaient toutes les deux se promener le long du sentier de terre battue qui surplombait la berge. Le petit chemin ne s'éloignait jamais du fleuve ; ils se côtoyaient en bons amis depuis si longtemps. La nature l'avait pourvu de beaux arbres matures qui protégeaient les passants des rayons du soleil, et les deux cousines s'amusaient à passer sous les branches des grands saules qui leur chatouillaient les joues.

— Viens, Lulu, on va aller s'acheter des bonbons à une cent chez mémère Tourville.

Elles entrèrent en courant dans le vieux bâtiment qui tenait lieu de magasin. Il n'y avait presque rien sur les tablettes, à part quelques produits utilitaires, mais le comptoir à bonbons était plein. La patronne connaissait bien sa clientèle. Elle sortit de l'arrière-boutique dès qu'elle entendit tinter la clochette accrochée à la porte moustiquaire.

Mimi Tourville portait sa vieille robe des jours de semaine, rapiécée cent fois, et ses bas ravalés. Son corps maigre et tassé sur lui-même ne semblait par marqué par ses nombreuses grossesses. Énergique et nerveuse, elle se déplaçait encore avec agilité. Elle avait une figure de souris aux petits yeux perçants et un long museau qu'elle grattait souvent. Ses cheveux tirés férocement vers le sommet de sa tête étaient attachés en un beigne minuscule, qui faisait ressortir ses oreilles démesurément longues. Elle avait la peau de la couleur de la terre et Lulu s'imaginait toujours qu'elle venait tout juste de sortir de son terrier.

— Tiens, si c'est pas la petite Lulu! J'te dis que tu dois pas être de la mauvaise graine, toi, parce que tu pousses pas vite. Qu'est-ce qui se passe? T'as oublié de manger tes croûtes!

Les filles ricanaient, un peu gênées. Elles avaient hâte de partir, mais on ne se débarrassait pas de Mimi Tourville aussi facilement.

— Alors, allez-vous venir danser samedi soir, mesdemoiselles? dit-elle d'un ton qui se voulait chic et de bon goût. Oubliez pas d'amener vos cinq cents pour le juke-box.

Elle leur montra sa nouvelle acquisition : bien sûr, l'appareil n'était pas neuf, elle l'avait acheté d'occasion, mais il avait belle allure sur le plancher de danse.

— Mes petites filles, il m'a coûté une petite fortune, ce juke-box-là ! dit-elle fièrement.

Mémère Tourville avait une façon bien à elle de prononcer le mot juke-box et Lulu se retenait tellement pour ne pas rire qu'elle avait peur de faire pipi dans son maillot de bain.

— Préparez-vous à vous faire aller, les petites filles ! Denis pis Alain vont vous faire swinguer le canadien.

Lulu et Estelle se regardèrent du coin de l'œil. Denis et Alain étaient les deux petits-fils de Mimi Tourville, et elles les trouvaient insupportables. La perspective d'avoir à danser avec eux leur donnait franchement mal au cœur.

— Puis, allez pas penser que c'est rien que de la vieille musique qu'il y a dans mon juke-box. Non, non, ce juke-box-là est…

Lulu fit signe à Estelle qu'elle n'en pouvait plus.

— On va prendre cinq cents de boules noires, puis cinq cents de lunes de miel, mémère Tourville, dit Estelle très sérieusement en déposant ses sous sur le comptoir.

Puis, elle ajouta avec un beau sourire :

— On va venir samedi soir, c'est promis. Et on va apporter nos sous pour… le… juke-box, okay ?

Estelle, d'apparence si tranquille, avait un don pour imiter les gens et son imitation de mémère Tourville était des plus réussies. Celle-ci ne s'en rendit même pas compte, mais Lulu, pliée en deux, sortit à toute vitesse et se précipita dans les bécosses, d'où on pouvait encore l'entendre rire pendant qu'elle faisait pipi. Qu'ils étaient bons, ces fous rires innocents !

Passé la maison des Tourville, le sentier perdait de sa fraîcheur et s'avançait à découvert aux abords d'un grand champ de maïs, qui était la culture principale de l'île. Au-delà de ce champ, il y en avait un autre, paraît-il, encore plus grand et ainsi de suite jusqu'à ce qu'on atteigne le fleuve de nouveau. Du maïs à perte de vue !

Lulu rêvait de s'y aventurer un jour et de marcher jusqu'à l'autre côté de l'île. Son cousin Michel lui avait offert de l'accompagner cet été, mais Lulu avait encore trop peur pour accepter. Ce projet un peu fou soulevait plein de questions pratiques dans sa tête : Auraient-ils le temps de revenir avant la nuit ? Sans que les parents s'en aperçoivent ? Est-ce qu'on peut se perdre dans un champ de maïs ?

Le vieux Tourville prétendait qu'il avait engagé un géant pour surveiller ses récoltes et chasser les indésirables ; plusieurs enfants l'avaient aperçu l'été dernier. Il portait un immense chapeau de paille qui lui cachait presque tout le visage, mais on pouvait quand même voir qu'il avait l'air méchant et qu'il était bien décidé à faire respecter la loi. Estelle serra un peu plus fort la main de Lulu en longeant le grand champ.

— Regarde, Lulu, le maïs est déjà haut. On va bientôt pouvoir se bourrer la face !

Lulu enviait Estelle de pouvoir s'exprimer ainsi. *Se bourrer la face* n'était pas le genre d'expression que sa mère aurait apprécié. Pourtant, Lulu n'en voyait pas de meilleure pour décrire le fait de mordre à belles dents dans un épi doré et bien juteux, recouvert de beurre et de sel. Surtout au début de la saison, car le jeune maïs était plus tendre et plus sucré que son grand frère coriace du mois d'août.

Contrairement à Hélène, qui aurait voulu que sa fille s'exprime comme une princesse, Fleurette, la maman d'Estelle, ne connaissait pas ces restrictions de vocabulaire, pour la bonne raison qu'elle *se bourrait la face*, elle aussi, tous les samedis soir, mais c'était dans la bière. « Va donc m'en chercher une autre, mon pit », disait-elle à Arthur, son mari, un bon vivant qui adorait recevoir, jaser, cuisiner, prendre un coup à l'occasion et qui fumait de gros cigares puants. C'était du moins l'opinion de Lulu et d'Estelle.

Arthur était très amoureux de sa belle rougette, et il lui pardonnait ses frasques du samedi soir. Après tout, elle n'embêtait personne. Elle finissait toujours par tomber endormie quelque part et Arthur la traînait jusqu'à son lit sans maugréer. Il la déshabillait et la bordait tendrement.

Les parents d'Estelle formaient un couple heureux,

qui s'embrassait à toute heure du jour, se taquinait, se querellait à l'occasion mais c'était des petites chicanes sans importance. Lulu enviait Estelle d'avoir une vraie famille, pleine de vie et de rires, même si elle devait la consoler quand sa mère perdait le nord. De son côté, Estelle aurait bien aimé parfois changer de place avec Lulu pour connaître le bonheur d'avoir une maman aussi parfaite que la sienne.

Lulu s'immobilisa tout à coup. Une forme bizarre dans les broussailles avait capté son attention.

— Estelle, attends ! Je pense que j'ai vu quelque chose bouger près du ruisseau.

Estelle, qui avait très hâte d'aller se baigner, continua son chemin.

— Arrête une minute. J'te dis que j'ai vu quelque chose bouger.

— C'est peut-être le monstre du maïs ! dit Estelle qui y croyait dur comme fer et préférait s'éloigner au plus vite.

— Mais non, voyons, c'est tout petit, ça doit être un lièvre. Viens avec moi, on va s'approcher sans faire de bruit.

— Si c'était un lièvre, il serait déjà parti.

— Oui, tu as raison, chuchota Lulu, tout excitée à l'idée de faire une grande découverte.

— Laisse faire, Lulu, viens on va aller se baigner…

— Non, attends, je veux savoir ce que c'est, moi ! On va s'asseoir dans l'herbe et attendre, comme ça il va comprendre qu'on lui veut pas de mal.

Les deux cousines s'accroupirent en silence. La petite bête dissimulée derrière les buissons se mit à gémir doucement.

— Ah non ! Pas eux autres ! dit Estelle en soupirant.

Denis, Alain et leur cousine Ti-Pou les avaient repérées et se dirigeaient droit vers elles.

— Fais comme si de rien n'était, souffla Lulu à Estelle. On va se débarrasser d'eux au plus vite. Puis dis rien sur…, dit-elle en pointant le ruisseau.

Denis marchait le premier. Fier de son statut d'aîné, il portait ses quatorze ans comme on porte un trophée de hockey. Son petit frère Alain, qui avait le même âge que Lulu, se tenait derrière et faisait semblant de ne pas les regarder. Il mâchouillait un brin d'herbe, la tête baissée.

— Qu'est-ce que vous faites là, les filles ? Vous êtes sur notre territoire, oubliez pas !

— Je savais pas que l'île t'appartenait, Denis Tourville, répliqua Lulu. Le chemin est pour tout le monde, tu sauras.

Ti-Pou, qui avait à peine quatre ans et ressemblait à un petit animal sauvage tombé dans une talle de fraises des bois, se mit soudain à quatre pattes en poussant des cris stridents.

— Je pense qu'elle a mal au ventre, ta cousine, dit Lulu d'un petit ton mademoiselle-je-sais-tout, tu devrais la ramener à sa mère.

Lulu pensait avoir trouvé là un argument sans faille, mais Denis lui jeta un regard qui voulait dire *je n'ai pas d'ordre à recevoir d'une fille.*

— Ti-Pou est jamais malade.

Lulu réalisa soudain que la voix de Denis avait baissé de deux tons depuis l'été passé. Elle ne savait pas qu'à cet âge la voix des garçons se transforme, et ce changement subit conférait à Denis encore plus d'autorité aux yeux des deux cousines.

— Moi, je dirais plutôt qu'elle a vu quelque chose… quelque chose que vous vouliez peut-être nous cacher, les filles ?

Puis se tournant vers Pauline, que tout le monde appelait « Ti-Pou », il lui demanda en langage de bébé :

— Hein ? Qu'est-ce qu'il a vu le Ti-Pou à Denis ? Dis-le, mon p'tit Ti-Pou…

Au même moment, un gémissement aigu les fit tous sursauter. Estelle n'en pouvait plus de garder silence.

— Je suis sûre que c'est un animal blessé, dit-elle, on devrait s'éloigner tout de suite. Il peut être dangereux, avoir la rage. Et s'il nous mord, on peut en mourir !

Denis éclata de rire, suivi d'Alain qui voulait se montrer aussi brave que son frère. Ce dernier aurait pourtant préféré rentrer chez lui.

— C'est vrai, je vous le jure, insista Estelle.

Lulu la pinça pour la faire taire, mais rien n'y fit.

— J'aime mieux rentrer tout de suite à la maison, j'ai trop peur, chuchota-t-elle à Lulu.

— Toi, tu restes ici! Si ma mère te voit arriver toute seule, elle va s'imaginer le pire, elle risque de faire une crise cardiaque. Va m'attendre près du grand saule, je vais voir ce que c'est, puis je reviens tout de suite, d'accord? Bouge pas de là, tu m'entends?

— Avez-vous fini vos petites cachotteries, les filles?

— Denis et Alain, venez avec moi, dit Lulu qui tenait à être le chef des opérations, on va laisser Ti-Pou avec Estelle.

— Non, non! hurla Ti-Pou, ze vient aussi.

— Bon, tu peux venir, mais tais-toi! répondit Lulu qui se serait bien passée de sa présence.

Denis partit le premier, suivi de près par Lulu. Alain et Ti-Pou fermaient la marche. Les gémissements augmentaient au fur et à mesure qu'ils approchaient, comme si l'animal en détresse essayait de les guider jusqu'à lui.

Denis et Alain se mirent à parler d'un énorme raton laveur qu'ils avaient trouvé l'an dernier. L'animal était pris dans un piège et il avait bien failli les mordre au sang quand ils avaient essayé de le sauver.

— Z'ai peur! dit Ti-Pou en tremblant.

Elle se mit à pleurer et Alain la prit dans ses bras

pour la consoler. Lulu profita de ce moment pour prendre les devants ; plus elle entendait les plaintes de l'animal, plus elle avait hâte de lui porter secours.

Ils étaient presque arrivés. Le petit arbuste où s'était réfugiée la pauvre bête était secoué par ses tremblements. Ils se rapprochèrent en silence. Les gémissements cessèrent et l'animal se mit à grogner. Lulu, surprise, eut un mouvement de recul.

— Attention, Lulu, la grosse bête va te manger ! dit Denis qui s'amusait à lui faire peur.

Mais les ricanements de Denis redonnèrent du courage à Lulu. Le cœur battant, elle écarta le feuillage et ce qu'elle découvrit alors lui parut si invraisemblable qu'elle en resta bouche bée.

Devant elle, à portée de main, se tenait Good Night ! C'était lui, sans l'ombre d'un doute. Il était couvert de boue et faisait peine à voir, mais c'était bel et bien lui !

— Good Night, qu'est-ce que tu fais ici ?

Denis et Alain se regardaient, étonnés.

— Veux voir ! Veux voir ! cria Ti-Pou.

— Viens, mon bon Good Night, dit Lulu en se penchant vers lui.

Le chien rassembla ce qui lui restait de force et rampa vers Lulu. Il se mit à lui lécher les mains et, malgré sa faiblesse, sa petite queue remuait de bonheur.

— Je ne savais pas que tu avais perdu ton chien… C'est drôle, personne m'en a parlé…, dit Denis.

Lulu ne répondit pas. Elle déplia sa serviette et entreprit d'y déposer Good Night sans lui faire mal.

— Oh ! Mon pauvre Good Night, qu'est-ce qui t'est arrivé ? Tu t'es blessé à la patte, t'as perdu beaucoup de sang, mais tout va bien aller maintenant, j'vais t'amener chez grand-papa, qui va te soigner. Tu vas voir, tu vas guérir très vite et on ne va plus jamais se quitter. Pauvre Good Night !

— T'es folle, dit Denis qui ne comprenait rien aux élucubrations de Lulu. Ce chien-là est fini, il va mourir de sa belle mort.

Ti-Pou, qui avait échappé à la surveillance de ses cousins, se mit à quatre pattes dans la boue et déposa un gros baiser mouillé sur le museau de Good Night. Le chien lui rendit son affection par quelques coups de langue bien placés.

— Ti-Pou, ôte-toi de là, lui ordonna Denis, il a peut-être la rage !

— Ti-Pou, écoute Denis, dit Lulu en souriant. C'est dangereux. La grosse bête va peut-être nous manger !

— Allez, venez-vous-en ! répliqua Denis. On n'a plus rien à faire ici.

Lulu enveloppa tant bien que mal Good Night dans sa serviette de bain et le souleva sans peine. Il était beaucoup plus léger que dans ses rêves. « Il n'a pas dû manger depuis plusieurs jours, pensa-t-elle, mais heureusement, il y avait de l'eau tout près. Sans ça, tu serais mort, mon

82

pauvre trésor… » Elle hâta le pas pour aller retrouver Estelle qui ne comprit rien à ce qu'elle lui racontait. Qu'importe, il fallait sans tarder rejoindre grand-papa Léon. Il la croirait, lui. Après tout, ce n'est pas donné à tout le monde de voir ses rêves se concrétiser.

Grand-papa Léon ne posa pas de questions inutiles, ne mit pas en doute le récit de sa petite Lulu et fit du mieux qu'il put pour soigner l'animal. Il nettoya la blessure, la désinfecta. Elle lui parut sans gravité, il la recouvrit d'un léger bandage pour rassurer Lulu. Puis il installa le chien sur une couverture, dans un coin tranquille, pour qu'il puisse reprendre ses forces. La maman de Lulu s'était vivement opposée à l'idée de le faire entrer dans le chalet.

— Je t'en supplie, maman, laisse-le dormir à côté de mon lit, sinon je te jure, je vais tellement être inquiète que je ne fermerai pas l'œil de la nuit. Et tu sais comme je suis insupportable quand je n'ai pas bien dormi.

— Ça suffit, je ne veux plus en entendre parler. Ce chien est probablement plein de puces, dit-elle en jetant sur Good Night un regard dégoûté. Je sais que tu n'as écouté que ton grand cœur, mais tu as fait un geste irréfléchi, qui pourrait avoir des conséquences désastreuses pour toute la maisonnée. Et puis ce chien doit bien appartenir à quelqu'un ; nous allons mettre une annonce sur le poteau près du quai.

— Il n'appartient à personne, je le sais, c'est Good Night, maman, c'est mon chien.

— Cesse de dire des sottises. Tu es une petite fille intelligente, tu sais très bien que c'est impossible, alors remets-toi les deux pieds sur terre au plus vite.

Lulu baissa la tête pour cacher ses larmes et dut consentir à ce que Good Night trouve refuge sous la petite galerie, où il serait quand même à l'abri des intempéries.

Grand-maman Alice, qui s'était tenue à l'écart de la discussion, prit discrètement les choses en main :

— Viens avec moi, ma poulette, on va lui préparer un bol de lait chaud additionné de la potion magique de Mimi Tourville. Ce remède-là serait capable de réveiller un mort.

Good Night lapa le bol jusqu'à la dernière goutte et s'endormit d'un sommeil profond. Il avait trouvé une famille, le temps des infortunes était terminé pour lui. Lulu resta près de lui à le câliner et ne le quitta que pour aller dormir à son tour. « Bonne nuit, mon cher Good Night ! Fais de beaux rêves. Je serai là, où que tu sois. »

Le lendemain matin, dès six heures, le petit terrier gratta doucement à la porte pour réveiller Lulu. Il semblait déjà beaucoup mieux. Ses yeux avaient retrouvé leur vivacité, et même s'il traînait maladroitement sa patte, il se débrouillait mieux que Lulu ne l'avait prévu.

Elle déjeuna avec lui sur la galerie, partageant ses rôties avec son ami. Elle se pencha et enfouit son nez dans le cou du terrier. C'était bien son odeur. Peu importe que personne ne la crût, si Good Night était près d'elle, c'est qu'il devait y avoir une raison.

7

La maladie de Lison

Hélène avait transporté sa petite table à couture sous les arbres. Elle serait ainsi plus au frais pour terminer sa broderie. Elle contempla son travail avec satisfaction. Sur le canevas, le chalet de grand-maman Alice, qui lui avait servi de modèle, était presque terminé. Il ne lui restait plus qu'à broder le buisson de roses trémières, ce qui exigerait beaucoup de concentration. Voilà ce dont elle avait besoin pour traverser cette journée qui s'annonçait interminable. Occuper chaque seconde était le seul moyen de lutter contre l'ennui et la mélancolie. C'est ainsi qu'elle avait réussi à traverser toutes ces années depuis la mort de Lucien, son mari adoré : petit à petit, en gardant ses mains occupées afin de ne pas laisser son esprit vagabonder vers des régions dangereuses.

— Lulu, je t'en prie, ne mélange pas mes couleurs !

— Mais non, maman. Je les mets en ordre.

— Est-ce que tu t'es lavé les mains au moins ? Ne t'appuie pas sur la table, tu vas tout renverser. Oh ! Lucie, pourrais-tu te tenir tranquille deux minutes ? Est-ce que c'est vraiment trop te demander ?

Grand-maman Alice, qui avait passé une demi-heure à quatre pattes dans son massif de lys tigrés à faire la guerre aux mauvaises herbes, vint s'installer près de sa belle-fille.

— Belle-maman, est-ce que je pourrais vous demander de ne pas déposer votre café aussi près de mes fils de soie ?

— J'pense que grand-maman a oublié de se laver les mains, elle aussi ! ajouta Lulu.

Alice et Lulu se jetèrent un clin d'œil complice et étouffèrent leur fou rire devant le regard courroucé d'Hélène, qui répliqua :

— Si vous aviez passé autant d'heures que moi sur ce travail, vous n'auriez pas le cœur à rire !

Alice s'essuya les mains du mieux qu'elle put sur sa robe fleurie.

— Grand-maman, t'as de la terre sur le bout du nez ! dit Lulu en se tordant de rire.

— C'est pas grave, ma pitoune, si c'est bon pour les

fleurs, ça doit être bon pour moi. Ah oui, Hélène, j'ai oublié de te dire que Marguerite et Lison vont venir prendre une petite *cup of tea* cet après-midi. Toi qui es si bonne en broderie, tu pourrais peut-être apprendre à Lison comment faire ; ça lui ferait une belle occupation pour passer le temps. Marguerite est ben découragée. Elle ne sait plus quoi faire pour lui remonter le moral. Lison passe ses grandes journées à regarder le fleuve sans rien dire. C'est pas bon pour elle. C'est pas comme ça qu'elle va se sortir de sa dépression nerveuse.

— C'est quoi, une dépression nerveuse ? demanda Lulu qui était fort intriguée par tout ce qui concernait Lison.

— Eh bien, ma poulette, c'est difficile à expliquer, vois-tu, c'est…

Alice n'eut pas le temps de formuler sa réponse qu'Hélène mettait fin à la conversation :

— Ce sont des choses qui ne concernent que les adultes et je ne veux plus en entendre parler. Oublie tout ça, Lulu, et va aider Estelle à faire la lessive. Fleurette se sent généreuse aujourd'hui, elle offre un sou par morceau lavé. Toi qui es si rapide, tu vas ramasser le gros lot. Allez, ouste !

Hélène regarda s'éloigner sa fille le cœur serré. Combien de temps encore pourrait-elle la garder à l'abri du côté obscur de la vie ?

Léon avait enfin terminé d'arroser le jardin. Il n'avait pas de chance cette année, le beau temps semblait là pour rester. Il aurait volontiers troqué quelques heures de soleil contre une belle averse douce et fraîche qui l'aurait soulagé de sa corvée quotidienne. Mais la météo n'avait pas pitié de ses pauvres muscles fatigués ; il n'avait plu qu'une seule fois, à peine une petite demi-heure, et on annonçait du soleil et encore du soleil pour les jours à venir.

Il s'étendit sur sa chaise longue toute rouillée. Il était beaucoup trop tôt pour faire la sieste, mais Léon se sentait épuisé. Il avait passé une petite partie de la nuit à lutter contre l'ennemi et il était à bout de forces. Il rabattit son chapeau colonial sur ses yeux irrités et se laissa aller à une délicieuse paresse. Une brise fraîche venue du fleuve provoqua un semblant de sourire sur ses lèvres.

— Grand-papa…

Il n'avait pas senti la présence de Lulu qui l'observait en silence depuis un moment.

— Quoi ? répondit-il, tout engourdi.

— Qu'est-ce qu'elle a Lison, grand-papa ? Tu sais, l'amie de ma tante Marguerite ? C'est quoi sa maladie ?

Léon se redressa sur sa chaise, l'air un peu surpris.

— Pourquoi tu veux savoir ça, ma belle Lulu ?

— Je ne sais pas… Elle a l'air tellement triste.

Grand-papa Léon fut tenté de dire qu'il n'en savait

rien et de retourner à sa divine sieste, mais il aimait bien répondre aux questions de sa petite-fille. Lulu était si intelligente et elle voulait tout comprendre.

Il enleva son chapeau, s'essuya le front du revers de sa manche et lui dit :

— Lison est pas malade, enfin, pas vraiment. Elle a une grosse peine d'amour. Elle devait se marier au printemps, mais les fiançailles ont été rompues brusquement. On n'a jamais su pourquoi.

— C'est bizarre. Vous ne lui avez pas demandé pourquoi elle s'était pas mariée ?

— Non, Lulu. Tout le monde s'est montré très discret. Tu comprends, Lison n'est plus une jeune fille, elle va bientôt avoir trente ans. C'était peut-être sa dernière chance.

— Mais si elle est pas malade, comment elle va faire pour guérir ?

— Ça va prendre du temps, beaucoup de temps… le temps d'oublier. Il n'y a rien d'autre à faire. C'est la vie, Lulu. Il faut accepter les coups durs et être courageux. On finit par se consoler. On n'oublie pas vraiment, mais la douleur diminue.

Grand-papa Léon ferma les yeux, il avait l'air si fatigué. « Je vais le laisser se reposer », pensa Lulu.

— Viens, Good Night ! lança-t-elle.

Mais le chien refusa de quitter les lieux. Il préférait lui aussi faire la sieste sous la chaise de Léon qu'il ne quittait plus d'une semelle depuis que celui-ci avait pansé ses blessures.

— Alors sois bien sage, et ne réveille pas grand-papa !

Les deux cousines terminèrent la lessive aussi trempées que le linge qui pendait sur la corde. Grâce à sa rapidité, Lulu avait facilement gagné le concours et empoché un beau vingt-cinq sous qu'elle se promettait bien de dépenser samedi soir dans le juke-box de mémère Tourville.

Après avoir rangé les cuves de métal, les planches à laver et le savon dans le cabanon, les deux filles descendirent sur le quai pour se rafraîchir un peu. Les pieds dans l'eau, elles sirotèrent leur limonade qui était moins fraîche que l'eau du fleuve.

Lulu pensa au plaisir qu'elle aurait à mordre dans un gros *popsicle* bien glacé, qui dégoulinerait sur son maillot et lui donnerait des frissons. Mais ce petit plaisir là était réservé à la ville, et après tout, il n'était rien comparé à tout ce que la campagne pouvait lui offrir.

Une série de gros nuages vint les soulager des ardeurs du soleil et ce brusque changement d'éclairage rappela à Lulu les jours de pluie si propices aux confidences. Elle s'allongea sur le quai et en profita pour questionner Estelle sur la maladie étrange qui frappait Lison. Sa cousine ne se fit pas prier pour lui confier tout ce qu'elle savait.

— Lison, c'est une histoire incroyable, j'te jure, dit Estelle.

Elle s'installa confortablement, les jambes croisées à l'indienne, et prit une grande respiration avant de se lancer dans les péripéties amoureuses de la belle Lison. Elle était si fière de pouvoir livrer à quelqu'un le fruit de ses découvertes ! Estelle savait facilement passer inaperçue et elle avait l'habitude d'espionner les conversations des adultes. Le soir, alors qu'elle était censée dormir, elle écoutait Fleurette et ses sœurs, qui en avaient long à raconter. Ainsi, elle possédait beaucoup de détails sur la vie de Lison.

— Premièrement, dit Estelle en mordant dans le mot pour faire comprendre à Lulu que ce n'était qu'un début et qu'elle n'était pas au bout de ses surprises, premièrement, Lison était fiancée à Robert, un gars de Trois-Rivières, qui est voyageur de commerce. C'est un vieux, il a au moins quarante ans. Même s'il était beaucoup plus âgé qu'elle, toute la famille Champagne le trouvait très gentil. Il m'a même amenée au zoo une fois et il m'a acheté un gros sac de *popcorn*. Moi, je le trouvais assez laid ! Il avait de gros sourcils qui se rejoignaient au-dessus du nez et une tétine poilue sur la joue gauche, mais comme dit maman, à partir d'un certain âge, on fait moins la difficile, ça c'est sûr, et puis il était très propre de sa personne, tout le monde l'avait remarqué.

Lulu écoutait sans l'interrompre, fascinée. Elle

n'avait jamais vu sa cousine avoir tant de jasette. Estelle continua :

— Deux semaines après leurs fiançailles, Lison a reçu une lettre anonyme qui disait que Robert était déjà marié et que sa femme était enceinte de leur deuxième enfant. Il paraît que quand elle a lu la lettre, elle est devenue toute pâle et elle a failli s'évanouir. Ses parents voulaient s'en mêler mais elle a refusé. Elle a demandé elle-même des explications à Robert et il a avoué. Il voulait quand même continué de sortir avec elle, tu te rends compte, mais Lison a cassé et depuis, elle est devenue comme folle. Elle ne dort plus la nuit, elle a quitté son emploi et ses parents ne savent plus quoi faire avec elle. Les médecins disent qu'elle fait une dépression ; c'est comme si elle était molle en dedans et que plus rien ne l'intéressait, mais maman dit qu'avec ses petites pilules, c'est merveilleux, elle sent plus rien. Elle flotte, oui, c'est ça que maman a dit, elle flotte, c'est merveilleux…

Il n'y avait plus de limonade au fond de son verre et Estelle aspira très fort les dernières gouttes.

— On ne fait pas ça, c'est pas poli, répondit machinalement Lulu qui était encore sous le choc de ces révélations.

8

La traversée du champ de maïs

Depuis son arrivée dans l'île, Lulu s'ennuyait de son cousin Michel. Cette année, il avait enfin obtenu la permission de ses parents de travailler à la ferme des Tourville pour se faire de l'argent de poche. Ce travail lui donnait un statut particulier aux yeux des autres enfants. Il n'était plus tout à fait l'un des leurs, et Lulu avait remarqué chez lui une certaine arrogance quand il passait devant sa galerie tôt le matin, le nez en l'air, le blouson sur l'épaule. « Salut ! » lui lançait-il, désinvolte. Je m'en vais travailler. » Il la regardait à peine. « Il se prend pour un autre, celui-là, depuis qu'il a une job », pensait Lulu en serrant contre elle Good Night qui était ravi de cet élan de tendresse.

Un soir, alors que Lulu, mine de rien, guettait le retour de Michel, elle le vit s'avancer vers elle avec un grand sourire de connivence.

— Je vais avoir quelques jours de congé, lui annonça-t-il, tout joyeux. Pépère Tourville n'aura pas besoin de moi avant la fin de la semaine. On va pouvoir jouer ensemble.

Lulu était folle de joie. Il existait donc encore, le Michel qu'elle aimait tant ! Il ajouta tout bas avec un air de conspirateur :

— Demain, prépare-toi, on va réaliser ton rêve.

Elle n'osait pas y croire.

— Quel rêve ? lui répondit-elle comme si elle ne savait pas du tout de quoi il était question.

— Fais pas l'innocente, tu sais de quoi je parle : ton rêve de traverser l'île dans toute sa largeur, d'un bord à l'autre, à travers le champ de maïs.

— Mais Michel…

— Quand je fais une promesse, moi, je la tiens.

— Mais comment on va faire, Michel ?

— Gaspille pas ta salive pour rien, je m'occupe de tout, je vais tout arranger, ne dis rien à personne.

Michel avait plus d'un tour dans son sac et Lulu le crut sur parole. Il lui fit un clin d'œil et elle rougit. Pour ne pas perdre contenance, elle s'exclama :

— Pouah ! Tu sens la cigarette. Depuis quand tu fumes ?

— J'suis plus un bébé, moi, tu comprends. On se revoit après le souper, okay ? Et en attendant, motus et bouche cousue !

Lulu n'était plus sûre de vouloir vivre cette aventure, mais maintenant que son cousin était dans le coup, il n'était pas question de reculer. Elle n'allait quand même pas lui avouer qu'elle avait un peu peur. « Peut-être qu'il y a des rêves qui ne sont pas faits pour être réalisés », pensa-t-elle, à la fois inquiète et excitée. Good Night se collait aux mollets de Lulu. Il sentait peut-être qu'il se préparait quelque chose de captivant et voulait être de la partie.

Michel tint parole : le soir même, devant les deux familles réunies autour d'un feu de camp, il inventa une histoire pas trop saugrenue, afin que les parents puissent y croire, surtout Hélène qui était la plus sceptique des mamans, et une fois son histoire terminée, ils donnèrent tous leur permission sans rechigner. La version officielle était qu'il invitait Lulu à faire une grande visite de la ferme des Tourville, les bâtiments, les animaux, sans mentionner bien sûr leur intérêt pour le champ de maïs. Il promettait de s'occuper d'elle toute la journée.

— Je vais veiller sur elle, ma tante Hélène, comme si c'était ma petite sœur.

— Je te le conseille fortement, mon garçon, lui répondit Hélène, et réalisant à quel point sa voix avait pu paraître sévère, elle ajouta avec un beau sourire : « J'ai confiance en toi. »

Fleurette, qui en était à sa troisième bière, jeta sur son fils un regard plein d'amour et d'admiration.

Lulu craignait qu'Estelle veuille à tout prix les accompagner, mais celle-ci déclara qu'elle détestait les vaches et que l'odeur du fumier lui donnait mal au cœur. « Tant mieux! » se dit Lulu, car de toute façon, Estelle n'aurait pas apprécié leur plan secret et elle risquait de tout compromettre.

Ce soir-là, à la surprise générale, Lulu alla se coucher tôt. Le sac de guimauves n'était même pas terminé et le feu pétillait encore quand elle se glissa sous les draps. « Tu comprends, maman, il faut que je sois en forme demain. Il y a beaucoup de choses à voir sur une ferme. » Lulu ferma les yeux, mais le sommeil tardait à venir. Elle essaya de compter des moutons, mais ils étaient devenus si nombreux qu'ils se bousculaient pour sauter la clôture! Elle abandonna cette idée et se laissa aller à la rêverie. La nuit était toute pâle quand elle finit par s'endormir.

Au matin, pourtant, elle fut la première à se lever. Elle s'habilla en vitesse, mangea son bol de céréales sur le coin de la table et prépara son lunch. Elle mit dans un sac de papier brun un sandwich au beurre d'arachide, des morceaux de carotte et de céleri enveloppés dans du papier ciré — Hélène avait beaucoup insisté sur ce point —, une pomme et des sous pour s'acheter un Cream Soda chez mémère Tourville.

— Avec le p'tit change, est-ce que je peux m'acheter des bonbons ?

— Oui, mais à condition de bien manger tout ton lunch.

Hélène insista pour qu'elle mette son chapeau de paille et noue autour de sa taille un chandail à manches longues. Lulu se rebella, protesta, bouda mais finit par obéir. Elle n'avait pas le choix. Elle y allait aux conditions d'Hélène ou elle n'y allait pas du tout. Après avoir écouté la liste interminable de recommandations que sa mère semblait inventer au fur et à mesure qu'elle les énonçait, Lulu s'assit sur la galerie et attendit Michel. Elle priait qu'il ne tarde pas trop, car pendant ce temps Hélène continuait à réfléchir, et elle ne manquerait certainement pas de trouver d'autres sujets d'inquiétude.

— Lulu, n'oublie pas qu'il est défendu de s'approcher du fleuve, pour quelque raison que ce soit. Tu m'as bien comprise ?

— Mais oui, maman. J'apporte même pas mon maillot de bain !

Mais Hélène ne sembla pas rassurée par cette réponse.

Michel, de son côté, préparait ses provisions pour la journée. Dans un vieux sac à dos de l'armée, il mit une gourde remplie d'eau potable, sa boussole, son canif, des allumettes, deux sandwiches au saucisson de Bologne et une tablette de chocolat au lait. Après avoir réfléchi un peu, il rajouta son maillot de bain et une serviette, et… une poignée de biscuits à l'érable.

Tout le monde dormait encore profondément quand il quitta le chalet. C'est du moins ce qu'il croyait, mais Estelle, qui se réveillait au moindre bruit, le guettait derrière le rideau de sa chambre. « Pourquoi a-t-il pris son sac à dos? C'est curieux! » se dit-elle. Elle se promit d'aller faire un tour à la ferme, plus tard après le dîner, et se recoucha un peu triste de se retrouver toute seule pour la journée.

— Lulu, j'espère que Michel et toi n'avez pas de mauvais plans en tête, murmura Hélène à travers la porte moustiquaire. Tu ne me caches rien, ma petite Lucie?

Lulu adressa au ciel une prière secrète: « Oh mon Dieu! Faites que Michel arrive tout de suite, sinon tout est à l'eau », pensa-t-elle.

— Mais non, maman, arrête de t'inquiéter, on s'en va juste visiter une ferme, c'est pas la fin du monde.

Elle aperçut enfin son cousin qui sortait de chez lui en refermant doucement la porte.

— Ah! Michel s'en vient. Bye, maman, à plus tard. N'oublie pas de surveiller Good Night, il ne faut pas qu'il nous suive.

Hélène prit le terrier dans ses bras bien malgré elle. Il avait beau avoir été lavé, qui sait si quelque puce maligne ne se cachait pas encore dans son poil. Le départ de Lulu mettait le chien dans tous ses états.

— Soyez prudents, les enfants, et surtout ne revenez pas trop tard, cria Hélène en les regardant partir. Bonne journée !

— Ces deux-là ont l'air tellement contents. Qu'est-ce qu'ils peuvent bien mijoter, hein, Good Night ?

Le chien pleura encore un peu, puis il finit par regagner sa couverture sur la galerie. « Pourquoi faut-il toujours que je reste ici alors que les autres vont s'amuser ? » avait-il l'air de maugréer.

Michel avançait d'un bon pas et Lulu gambadait autour de lui en le harcelant de questions : comment allaient-ils s'aventurer dans le champ sans être vus, est-ce que c'était dangereux de se perdre et…

— Arrête, Lulu, tu m'étourdis ! Garde ton énergie pour tout à l'heure, tu vas en avoir besoin.

Elle lui prit la main et il la laissa faire. Michel avait beaucoup grandi cette année, et Lulu devait lever la tête pour le regarder. Ce n'était pas désagréable de se sentir petite à côté de lui. Ses cheveux blonds avaient poussé et lui faisaient un drôle de petit coq, au-dessus du front, et Lulu regardait passer le soleil au travers. Quelle belle journée ce serait !

Ils piquèrent à travers le petit boisé et arrivèrent au poulailler. Pépère Tourville fumait tranquillement sa pipe au soleil. Sa salopette, qui avait sans doute connu des jours meilleurs, servait de refuge quotidien à son grand corps, et on ne savait plus lequel des deux supportait l'autre tant ils étaient intimement liés. Le soleil avait brûlé la peau de ses bras en suivant les contours de sa chemise de coton, et on pouvait voir parfois que le reste de sa peau était blanc comme neige. À vivre tous les jours dans la nature, il avait fini par ressembler à un très vieil arbre, un peu sec peut-être, mais encore vert.

— Tu t'ennuyais-tu de nous autres, mon petit Michel? lui cria pépère Tourville qui aimait bien le taquiner.

— J'suis venu montrer la ferme à ma cousine. Elle l'a jamais visitée au complet.

— Allez-y, les enfants, mais attention au monstre du maïs! Il adore les petites filles de la ville et il n'en fait qu'une bouchée.

Pépère Tourville éclata de rire et ses yeux fripons forcèrent Lulu à baisser les siens.

— Mon petit Michel, donne donc à manger aux poules, pendant que tu y es.

Michel et Lulu s'acquittèrent de la tâche assez rapidement, mais à peine avaient-ils terminé que pépère Tourville leur demanda de donner de l'eau fraîche aux canards, puis de remplir de moulée le bol d'Octave, le gros Saint-Bernard qui bavait sans arrêt, puis il les amena voir le petit veau, baptisé Valmore, qui tétait encore sa mère, et la famille de chatons qui venaient juste de naître et que leur maman La Rousse protégeait férocement.

Lulu, tout excitée par ce qu'elle voyait, oublia un moment la vraie raison de leur visite. Quand ils finirent par quitter pépère Tourville, qui partait chercher des provisions sur l'autre rive, et qu'ils se dirigèrent enfin vers le champ de maïs, le soleil était déjà haut dans le ciel. Mais ni Lulu ni Michel n'avaient le moindre souci de l'heure qu'il était. Leur enthousiasme les rendait imprudents et téméraires.

Ils marchèrent un moment en silence. Michel devant, et Lulu sur ses traces. Le temps sec et chaud avait craquelé la terre, et les gros souliers de Michel soulevaient à chaque pas un nuage de poussière grise.

Tout cela ne ressemblait pas à ce que Lulu avait imaginé. Le soleil tapait dur, même si elle était à l'abri sous son chapeau de paille ; elle avait soif et faim, et peut-être aussi un peu mal au cœur.

Tous les épis de maïs semblaient identiques et leur acharnement à pointer vers le ciel leur tête poilue les faisait ressembler à une armée marchant au pas dont Michel serait le général. En bon chef de file, il ne ralentissait pas la cadence, et Lulu suivait du mieux qu'elle pouvait en marchant dans les ornières creusées par le tracteur.

— On va couper à travers le champ, on va gagner du temps, dit Michel en rattachant le lacet de ses chaussures. Essaie de m'attraper, Lulu, on va voir si tu cours plus vite que l'an dernier.

— J'ai faim, moi ! cria Lulu.

Mais Michel était déjà rendu trop loin. « Tu parles d'un temps pour courir », se dit-elle, mais le plaisir de lui prouver qu'elle était capable de le rejoindre lui fit oublier la chaleur.

Michel, pour lui rendre la tâche plus difficile, évitait les lignes droites et se servait du champ de maïs comme d'un véritable labyrinthe dont il était le seul à connaître le tracé. Il s'accroupissait pour se cacher, marchait à quatre pattes et réapparaissait là où Lulu s'y attendait le moins.

— Tu triches, Michel Lavoie, si tu te montres pas tout de suite, je ne joue plus avec toi !

Elle s'arrêta un moment pour enlever un caillou de sa chaussure et en profita pour reposer ses pieds fatigués. Autour d'elle, elle ne voyait que des tiges de maïs. Elle tourna la tête à gauche, à droite, en arrière, rien à faire, il n'y avait que des épis à perte de vue.

Une petite inquiétude lui serra le cœur. Elle aurait bien aimé apercevoir un bout de prairie quelque part, un arbre au loin sous lequel elle aurait pu rêver de s'abriter, quelque chose qui lui aurait fait croire qu'il suffirait de quelques pas pour changer de décor, mais elle dut reconnaître qu'elle était bel et bien là où elle avait souhaité être : perdue au milieu d'un champ de maïs, en plein cœur de l'île aux Cerises.

— Michel… Michel !

Elle appela plusieurs fois son cousin, mais seule la cigale lui répondit. Elle se releva et se hissa sur la pointe des pieds. Le petit coquin ne pouvait pas être bien loin. Elle s'avança timidement en guettant parmi les épis le moindre mouvement. Tout était immobile et silencieux. Puis elle sursauta quand des tiges de maïs se mirent à trembler au loin, comme si quelqu'un ou quelque chose les secouait à la base. « Le monstre des maïs n'existe pas, Lulu, il n'existe pas », se répétait-elle à mi-voix pour calmer sa peur, mais elle ne pouvait empêcher ses genoux de trembler et son cœur de s'affoler. « Allons-y, c'est Michel, j'en suis sûre. »

Au moment où, rassemblant ce qui lui restait de courage, Lulu s'élançait droit devant elle, une main féroce attrapa sa cheville et la cloua sur place. Elle poussa un cri terrible qui fit s'envoler des corbeaux, et ferma les yeux en grimaçant de peur.

— J'te l'avais bien dit, Lulu, que tu n'arriverais pas à m'attraper, entendit-elle grogner au-dessus de sa tête.

Cela ressemblait beaucoup à la voix de Michel, mais peut-être que le monstre empruntait des voix connues pour mieux tromper ses victimes. Elle s'aventura à entrouvrir les paupières, et à travers ses cils mouillés de larmes, elle aperçut le visage moqueur de son cousin qui savourait sa victoire. Lulu, espérant s'en tirer honorablement, fit semblant de s'évanouir, mais Michel ne se laissa pas impressionner aussi facilement.

— Oh ! Pauvre Lulu ! Elle ne bouge plus. C'est sûrement très grave, dit-il en lui enlevant une de ses chaussures. On va voir s'il lui reste un peu de vie.

Michel glissa ses doigts sous la plante des pieds de
Lulu, qui ne put rester immobile bien longtemps.

— Avoue que t'as eu peur, avoue, lui dit-il en la chatouillant de plus belle.

Mais elle préférait mourir de rire plutôt que
d'avouer ses faiblesses. Quelques maïs durent courber la
tête sous l'assaut des deux joyeux combattants qui finirent par lâcher prise en même temps.

Pour se faire pardonner, Michel confectionna une
couronne avec des bouts de tiges de maïs et déclara :

— Ma chère Lulu, vous qui avez vaincu le terrible
monstre que personne n'avait jamais osé affronter, je
vous proclame solennellement impératrice de l'île aux
Cerises.

Il déposa la couronne sur la tignasse en bataille de sa
cousine et s'agenouilla devant elle.

— Je resterai toujours votre fidèle chevalier. Que
diriez-vous, majesté, d'une petite collation pour vous
restaurer ? dit-il en se redressant.

Lulu répondit dignement :

— Quelle merveilleuse idée, mon cher.

Ils s'apprêtaient à dévorer leur festin quand ils
durent se rendre à l'évidence que la nourriture avait
beaucoup souffert de la chaleur. Le Cream Soda sitôt

décapsulé jaillit de la bouteille tel un geyser, et l'impératrice en arrosa copieusement son preux chevalier.

— Arrête, Lulu, j'suis tellement collant que je vais attirer les mouches ! Viens, on va aller jusqu'au fleuve, puis on saute dedans !

Ils coururent droit devant eux avec assurance, persuadés que le fleuve allait surgir sous leurs yeux d'une seconde à l'autre. Un corbeau qui survolait le champ à cet instant vit deux formes humaines s'agiter dans tous les sens, une plus grande qui secouait les épis de ses longs bras, et une plus petite qui poussait des cris stridents. « Ils sont fous ces humains », pensa-t-il, dans sa sagesse de vieux volatile.

Lulu avait la ferme impression que quelque esprit maléfique avait volontairement subtilisé les rives du grand fleuve et que l'univers n'était plus qu'un énorme champ de maïs dont elle ne pourrait jamais s'échapper.

Elle se mit à pleurer et se laissa tomber par terre sur le sol desséché. Elle fut surprise de sentir une fraîcheur l'envahir. Les rayons du soleil avaient abandonné les feuilles de sa couronne et ne venaient plus caresser ses cils. Une ombre légère l'enveloppa de ses bras humides. Elle frissonna. « Michel ! Michel ! » Sa voix restait au bord de ses lèvres et n'arrivait pas à se projeter au loin. Seul le corbeau lui répondit. Elle le vit qui tournait dans le ciel presque gris, au-dessus de sa tête. Il était sans doute très haut dans les airs, mais la forme de son corps et de ses ailes lui paraissait si précise que Lulu tendit la main pour lui signifier sa présence. Il était noir comme la nuit qui allait bientôt venir. La nuit dont Lulu sentit la présence avant même de se demander quelle heure il pouvait bien être.

Elle pensa à sa mère qui se mourait sûrement d'inquiétude et à son cousin Michel qui devait errer à la recherche d'un point de repère. Elle enfila son chandail et se coucha en boule sur le sol pour se réchauffer. Elle posa sa couronne sous sa tête en guise d'oreiller et ne tarda pas à glisser dans un sommeil profond, le plus profond qu'elle n'avait jamais connu.

9

L'inquiétude d'Hélène

Hélène regarda sa montre pour la centième fois. Le soleil rouge et puissant frôlait dangereusement la ligne d'horizon. Elle ne pouvait être sensible à cette beauté, non, pas ce soir. Elle n'y voyait que le symbole funeste du temps qui passe, de la nuit qui s'approchait à grands pas, de la terrible noirceur qui allait bientôt envahir l'île aux Cerises et le petit sentier qu'elle fixait de ses yeux embués de larmes, désespérant d'y voir apparaître la silhouette fragile de sa fille adorée.

« Maudits soient la vie et le ciel et Dieu lui-même qui oseraient séparer une mère de son unique enfant, de son seul bonheur sur cette terre ! »

Elle avait échafaudé les histoires les plus folles et les

plus raisonnables pour justifier le retard de Lulu et de Michel, mais aucune n'avait réussi à calmer son angoisse : il était arrivé quelque chose de grave, elle le sentait. Les mères savent ce genre de choses et même si le reste du monde pense le contraire, rien ne peut les convaincre qu'elles ont tort. Il ne leur reste plus qu'à attendre que les événements viennent confirmer leur intuition viscérale en leur brisant le cœur.

Hélène fixait le fleuve de ses grands yeux presque transparents à force d'être pâles. C'était lui le coupable, elle en était sûre. Ce ne pouvait être que lui. Il cachait sa véritable nature sous un calme trompeur, mais il n'arriverait pas à la berner, non, pas elle. Elle le tenait pour responsable de toutes ses douleurs présentes et futures, et repoussait de plus en plus faiblement la vision d'horreur qui la hantait, se laissant même aller à imaginer des détails sordides qui lui donnaient la nausée.

— Voyons, ma p'tite fille, je sais à quoi tu penses. Calme-toi. Il y a aucun danger, Michel est un garçon sérieux. Ils ont pas vu le temps passer, c'est tout. Puis il connaît l'île comme sa poche, alors…

Grand-maman Alice se voulait rassurante, mais l'angoisse avait fini par la gagner, elle aussi. Elle n'osait plus prononcer les phrases encourageantes qu'elle savait si bien inventer et qu'elle répétait comme une automate depuis que la rosée du soir avait mouillé les chaises du jardin.

Léon fumait sa pipe en silence. Cette île ne lui avait pas apporté que des joies, mais il gardait confiance en la vie parce qu'il ne savait pas faire autrement. Des souvenirs douloureux étaient revenus en force dans son cœur et la peur l'avait transformé en statue, comme si le fait de rester immobile allait lui permettre d'échapper au malheur.

Fleurette, une bière à la main, et ce n'était pas sa première, répétait à qui voulait l'entendre que les enfants s'étaient sans doute attardés à cueillir des fruits sauvages et que Michel et Lulu apparaîtraient d'une minute à l'autre.

— On s'en fait pour rien, dit-elle à la ronde, puis, devinant les sombres pensées d'Hélène qui l'exaspérait, elle ne put s'empêcher de lui lancer : « T'es trop mère poule, Hélène. Tu pognes les nerfs à rien. »

— T'appelles ça rien, toi ? T'appelles ça rien ! Tais-toi avant que je perde le peu de savoir-vivre qu'il me reste.

Fleurette, qui n'attendait qu'une phrase comme celle-là pour provoquer Hélène, répliqua tout de suite :

— Tu devrais dire carrément ce que tu penses, ma belle, ça te ferait du bien, tu ferais moins d'ulcères.

— Veux-tu que je te dise ce que je pense, ma chère Fleurette ? Eh bien, je pense que tu es une mauvaise mère, et une alcoolique, que tu comprends rien à ce qu'une vraie mère peut éprouver et que tu ferais mieux de fermer ta… C'est ça que je pense. Es-tu contente de le savoir, Fleurette ?

Hélène replaça dignement les plis de sa jupe et renifla dans son mouchoir. Mais Fleurette ne se tenait pas pour battue, et elle ajouta avec un petit sourire narquois :

— Tu peux bien être constipée, avec tout ce que tu retiens ! Ben, ma chère Hélène, j'suis peut-être pas aussi parfaite que toi, mais j'ai ben plus de fun dans la vie, puis j'vois pas des malheurs là où il n'y en a pas. Ta fille, si tu la laisses pas tranquille un peu, tu vas la rendre aussi folle que toi. *I'll drink to that !*

Levant fièrement sa bière, elle la termina en une seule gorgée.

Alice tenta de calmer les esprits.

— Voyons, Fleurette, tu vois bien qu'Hélène a les nerfs à bout, ses mots ont dépassé sa pensée.

— Ben, pas les miens, pis c'est pas une rapportée qui va venir m'apprendre à vivre !

Arthur posa sa grosse main sur l'épaule de sa femme.

— Va te reposer, Fleurette, moi, je vais aller les chercher, ces petits chenapans ! Inquiétez-vous pas, j'vais vous les ramener par la peau du cou.

— On devrait peut-être organiser une battue avec les Tourville, dit Hélène qui tenait à peine sur ses jambes, ou envoyer quelqu'un chercher du secours…

Elle ne put terminer sa phrase et l'oncle Arthur l'aida à s'asseoir.

— Fais-moi confiance, Hélène. Je suis sûr de les retrouver. Mon Michel est un peu fanfaron, mais c'est un garçon qui a du bon sens, j'ai confiance en lui. Je vais vous les ramener dans le temps de le dire.

— Dépêche-toi, Arthur, je t'en supplie.

Hélène aurait bien aimé avoir la force de le suivre, mais elle était clouée à son fauteuil et la peur lui rongeait le ventre comme une bête sauvage vous tient entre ses griffes. Elle essuya discrètement une larme et tourna les yeux vers le fleuve.

Good Night, le cœur serré, attendait depuis des heures le retour de Lulu. Ses petits yeux n'en pouvaient plus de fixer le même point au loin, là où le sentier contournait le grand saule. La lumière baissait de plus en plus et sa petite truffe s'activait, prête à reconnaître à tout moment l'odeur de sa Lulu adorée et de son grand nigaud de cousin qui l'avait entraînée trop loin. Tout était de sa faute, il en était persuadé. Quand il vit passer près de lui les grosses jambes poilues de l'oncle Arthur, Good Night comprit que c'était la chance de sa vie de se rendre utile et il se colla à ses bottines pleines de terre, bien décidé à le suivre jusqu'au bout.

Dans la brunante, personne ne s'aperçut de la disparition du petit terrier et l'oncle Arthur ne prit conscience de sa présence que lorsqu'il faillit buter sur lui. Il pensa un moment à le renvoyer à la maison, mais, changeant d'idée, il lui dit d'un ton joyeux :

— Où elle est, Lulu ? Hein, Good Night ? Où elle est ? Va chercher Lulu, va la chercher !

Il n'en fallait pas plus pour donner des ailes à la petite bête qui, se sentant l'âme d'un héros, se dirigea à toute vitesse en direction de la ferme des Tourville. Good Night s'arrêtait parfois brusquement pour renifler le sol et, sentant qu'il était toujours sur la bonne piste, il jappait pour prévenir Arthur et repartait de plus belle. Il était déterminé à bien remplir sa mission et se jurait qu'aucun obstacle ne pourrait l'empêcher de rejoindre sa chère Lulu, où qu'elle soit dans l'univers. « J'arrive, n'aie pas peur », se disait-il, le museau rempli de son odeur.

10

Un fantôme au clair de lune

Michel s'arrêta un moment afin de reprendre son souffle. À force de courir dans tous les sens, il avait fini par rejoindre le fleuve qu'une brume fine et diaphane recouvrait à demi.

Il fut surpris de voir qu'il faisait presque nuit. Une petite voix intérieure lui souffla qu'il devait se hâter de ramener Lulu chez elle. Il revit les grands yeux d'Hélène, à qui il avait fait la promesse de bien prendre soin de sa fille, et un léger remords lui serra la gorge ; mais il ne put s'empêcher de rester là encore un moment, immobile, à contempler la lune, si parfaitement ronde, qui flottait à la fois dans les airs et sur le fleuve.

Comme il s'apprêtait à aller chercher Lulu, son

regard fut attiré par une forme blanche qui se déplaçait très doucement à travers la masse sombre des arbustes. Elle sembla s'évanouir dans la nuit, ce qui le fit douter de ce qu'il avait vu, mais, plein de frayeur, il la vit réapparaître un peu plus loin, plus lumineuse encore.

Michel, sans se l'avouer vraiment, était persuadé qu'il ne s'agissait pas d'un être humain mais d'une présence mystérieuse. Il retint son souffle pour ne pas attirer l'attention et s'efforça de reculer le plus silencieusement possible pour échapper à cette vision de cauchemar. Il avait beau être un solide garçon, les deux pieds sur terre, courageux et peu enclin à se laisser aller à des peurs irraisonnées, ce qu'il avait sous les yeux dépassait la réalité et le mot « fantôme » lui vint à l'esprit malgré lui.

« Les fantômes, c'est des histoires de fille ! » se dit-il pour retrouver son sang-froid. Mais la forme blanchâtre se rapprochait et le cœur de Michel se mit à battre très fort. La peur l'emportant sur son jeune courage, il prit ses jambes à son cou et, sans se soucier du bruit que sa fuite précipitée pouvait provoquer, il fonça en direction de sa cousine pour y chercher un peu de réconfort.

— Lulu, Lulu, réveille-toi !

Elle ne semblait pas l'entendre. Michel la secoua, mais rien à faire, elle dormait à poings fermés. La pleine lune qui veillait sur elle l'avait enrobée d'une douce lumière et l'impératrice de l'île aux Cerises était loin, perdue dans ses rêves.

Michel n'avait pas de temps à perdre, et il lui cria dans les oreilles :

— Lulu, arrête de jouer la comédie, réveille-toi ! Il y a un fantôme au bord du fleuve !

Lulu se redressa d'un seul coup.

— Un fantôme ! Où ça ? Où ça ?

Michel l'agrippa d'une seule main et l'entraîna à travers les épis.

— J'vais t'emmener le voir, mais quand j'te ferai signe, tu arrêtes de bouger et tu gardes le silence, promis ?

Lulu fit signe de la tête qu'elle avait compris. Mieux valait se taire tout de suite que trop tard. Elle suivit Michel sans rouspéter. Il s'arrêta si brusquement que Lulu buta sur lui en poussant un petit cri.

— Chut ! C'est ici, dit-il à voix basse.

— J'le vois pas… J'vois absolument rien… J'le vois pas, Michel. Il est où ?

— Tais-toi. Il est là-bas…

Michel pointa son doigt discrètement vers une grosse roche qui sortait de l'eau.

— On est bien trop loin, on voit rien. Viens, on va se rapprocher.

— Vas-y, toi. T'es plus petite, le fantôme te verra pas.

Lulu s'avança un peu, puis un peu plus encore, jusqu'à ce que ses yeux puissent voir plus clairement de quelle sorte de fantôme il s'agissait. Michel, lui, n'avait pas quitté sa position et se contentait de freiner l'enthousiasme de sa cousine par quelques « Lulu » insistants.

— Arrête, Michel ! C'est pas un fantôme, c'est une fille. Je vois ses cheveux blonds. Son allure me dit quelque chose, on dirait que je l'ai déjà vue quelque part…

Un peu rassuré, Michel s'était rapproché.

— Pourquoi elle marche dans l'eau tout habillée ? C'est bizarre non ?

— J'sais pas… peut-être qu'elle veut attraper un rayon de lune, il paraît que ça porte chance. Si tu peux passer dedans avec tout ton corps, tu fais un vœu, puis tu plonges la tête dans le reflet de la lune et tu peux être sûr que ton rêve va se réaliser.

Michel s'essuya la joue du revers de son blouson.

— Lulu, tu me craches dans la figure !

— Ben, c'est pas facile de chuchoter quand on a beaucoup de choses à dire…

— J'suis sûr que c'est toi qui as inventé tout ça, le rayon de lune et tout le reste, c'est ton genre ça.

— C'est grand-maman Alice qui me l'a dit. Tiens, regarde, j'avais raison, elle s'en va direct là où la lune se reflète.

— Oui, mais pourquoi elle fait ça tout habillée ?

Ce détail pratique semblait beaucoup préoccuper Michel, qui avait une vision plus réaliste des choses.

— Parce que c'est plus romantique, lui répondit Lulu, l'air de dire « Mon pauvre garçon, tu ne comprendras jamais les filles ! »

Lulu et Michel retenaient leur souffle et se tenaient craintivement par la main, quand une bête déchaînée faillit les jeter par terre et se précipita en jappant dans l'eau du fleuve. Ils crurent mourir de peur. Lulu se ressaisit la première et cria aux oreilles de Michel :

— C'est Good Night ! Regarde, Michel, c'est lui !

Michel n'en croyait pas ses yeux.

— Mais qu'est-ce qu'il fait là ?

Le petit terrier, car c'était bien lui, négligea la présence de Lulu, qu'il aurait bien aimé couvrir de gros baisers mouillés, mais une mission plus importante le réclamait.

Il plongea sans hésiter dans l'eau boueuse du fleuve et nagea tout droit en direction du fantôme sans cesser de japper. Sa petite voix aiguë résonnait dans la brume comme le signal avertisseur d'un naufrage. Quand il fut assez près de sa proie, il agrippa entre ses dents la robe blanche qui flottait dans le rayon de lune. Le fantôme se débattit pour conserver sa liberté, mais Good Night refusa de lâcher prise, et il grogna en tirant de toutes ses forces pour ramener l'objet de ses émois vers la rive.

C'est à ce moment-là que l'oncle Arthur, épuisé par sa course, apparut au bord de l'eau, essayant péniblement de reprendre son souffle. Lulu, sans crier gare, se jeta dans ses bras et, tout excitée, essaya de lui résumer la situation en une suite de phrases entremêlées qui le laissèrent perplexe. Mais il comprit bien vite que les enfants se réjouissaient de son arrivée-surprise.

Michel, qui était sans doute encore plus heureux que sa cousine de voir son père, s'approcha timidement et resta silencieux. Arthur, devinant son malaise, lui dit tout bas :

— Des fois, le temps passe plus vite qu'on pense, hein, mon gars ?

Et le père et le fils se retrouvèrent unis dans ces quelques mots.

— Viens, Good Night, viens ici !

Lulu n'en finissait plus d'appeler le chien, mais celui-ci refusait de revenir sans sa proie. Enfin, le fantôme sembla se soumettre, et on le vit nager en direction de la rive.

— Mon oncle, je la reconnais… oui… oui, c'est Lison, c'est elle !

L'oncle Arthur en resta bouche bée. Lulu elle-même n'en croyait pas ses yeux. Lison avait dû faire un vœu très important pour se décider à venir plonger ici, dans l'eau froide du fleuve, sans même apporter sa serviette !

Lison se retrouva sur la rive penaude et frissonnante, tandis que Good Night tournait autour d'elle en jappant sans relâche.

— C'est beau, Good Night, c'est beau, tu es un bon chien ! lui dit Lulu pour le calmer.

Il y eut un moment de silence lourd de questions que personne n'osait poser, puis l'oncle Arthur enleva sa veste à carreaux, la déposa doucement sur les épaules de Lison et dit d'une voix apaisante :

— Eh bien, maintenant que nous sommes tous réunis, rentrons à la maison où un bon chocolat chaud nous attend. Tu seras notre invitée, Lison. Good Night va nous montrer la route. Allez, Good Night, à la maison !

Mais le chien ne semblait pas vouloir quitter les pieds nus de Lison où il s'était assis, grelottant. Lulu le couvrit de son chandail et le déposa dans les bras de Lison.

— Tiens, garde-le serré sur toi, ça va vous réchauffer tous les deux. Hein, Good Night ? T'es bien comme ça ? Hein, mon chien ?

Le chien jeta vers Lulu un regard mélancolique, comme pour l'assurer de son éternelle amitié.

Tout ce petit monde rentra en silence, chacun perdu dans ses réflexions. Lulu éprouvait un malaise en repassant dans sa tête tous les événements de la journée, qui lui semblaient aussi confus que dans un rêve.

Elle pensait tristement à Lison et à Good Night, que la vie avait mystérieusement rapprochés. Qu'est-ce que Lison était allée chercher en plongeant dans le rayon de lune ? Quel rêve secret l'avait menée sur l'autre rive du fleuve ? Mais les pensées de Lulu revenaient sans cesse à Good Night : elle le revoyait s'agrippant à la robe de

Lison pour la forcer à rejoindre la rive, si petit et si courageux. Comme elle aurait aimé lui dire à l'oreille à quel point il était son héros, mais quelqu'un d'autre avait besoin de lui et c'était bien ainsi.

Lison, elle, se sentait coupable et affreusement triste. Elle pensait à son amie Marguerite qui avait dû s'inquiéter de son absence prolongée, et elle serrait très fort contre elle ce petit chien incroyable qui avait compris son désarroi.

Michel marchait au même rythme que son père, dans la même foulée. Il lui était reconnaissant de son silence : pas de paroles inutiles entre eux, ils se comprenaient. Michel était conscient de sa faute et il redoutait les pleurs et les cris que pousserait la mère de Lulu en les voyant arriver.

Arthur, bouleversé par l'étrangeté de ce qu'il venait de vivre, se remit le cœur à la bonne place en pensant à sa femme Fleurette, qu'il avait hâte de serrer dans ses bras.

Et Good Night, lui? Il ne pensait à rien; il s'était endormi, l'oreille posée sur le cœur de Lison dont il entendait les battements rassurants. Après tout, ce cœur ne battait-il pas un petit peu grâce à lui?

11

Alice danse sous la pluie

Cher journal,
Maman n'est plus la même depuis que moi et, non, depuis que Michel et moi on s'est perdus dans le champ de maïs. Elle me guette tout le temps et elle répète sans arrêt que j'ai trahi sa confiance. Je l'ai entendue pleurer dans les bécosses. Grand-maman Alice et elle disent plein de choses que je ne comprends pas. Elles ne veulent jamais répondre à mes questions et l'autre jour je les ai surprises dans le jardin en train de parler de Lucien mon père. Grand-maman Alice lui disait tout bas tu devrais penser à refaire ta vie, ma petite Hélène. T'es encore jeune. C'est pas facile élever un enfant toute seule. Lucien est mort, ma petite fille. Grand-maman avait l'air de mon professeur de mathématiques quand elle essaie de m'expliquer un problème et que je ne comprends rien. Ensuite elle

a dit les morts doivent rester avec les morts. Elles m'ont vue et elles ont tout de suite arrêter de parler mais ils restent où les morts ? J'ai demandé ça parce que je trouvais que c'était une bonne question. Grand-maman a répondu très vite au cimetière Lulu tu le sais bien et maman lui a lancé un regard plein de reproche. Alors pourquoi on n'y va jamais au cimetière ? Ça aussi je trouvais que c'était une bonne question. Elles ont répondu presque ensemble laisse les adultes parler entre eux. Tu es trop petite pour comprendre. J'haïs ça, me faire dire ça.

On dirait que tout va mal. Ma tante Fleurette et maman ont l'air en chicane. Je ne sais pas pourquoi. Je n'ai pas revu Michel depuis l'autre soir et Estelle reste enfermée dans son chalet. Je suis sûre qu'elle boude. C'est son genre. Il pleut depuis trois jours. Grand-papa Léon se plaignait toujours du soleil. Maintenant il se lamente que toute cette pluie va ruiner son jardin. Il passe son temps dans la fenêtre de la cuisine à surveiller ses salades. Leurs grandes feuilles traînent dans la boue. C'est triste. Il répète tout le temps moi là moi là et maman elle répète tout le temps si ça continue comme ça on va s'en retourner en ville. Moi, je ne veux pas m'en aller. Je veux rester ici. Je veux que tout redevienne comme avant.

Lulu referma son journal intime avec le petit cadenas doré qui mettait ses secrets à l'abri des curieux et glissa la clé sous son oreiller.

Comme chaque matin, grand-maman Alice, encore en pyjama, les cheveux hirsutes et les yeux pleins de sommeil, ouvrit la porte du chalet et s'attarda un moment, silencieuse, pieds nus sur la galerie mouillée. Lulu, pleine d'espoir, attendit le verdict. « Pourvu qu'il fasse beau cet après-midi », se disait-elle, mais elle n'eut pas le temps de rêver à cette possibilité ; d'une voix convaincue, sa grand-mère proclama :

— Mes chers amis, la pluie va durer toute la journée !

— Pourquoi tu dis encore ça, grand-maman ? Ça fait trois jours que tu répètes la même chose !

— Parce que c'est la vérité, ma Lulu. Penses-tu que ta grand-mère te raconterait des menteries ? Regarde, ma pitoune, il n'y a pas un brin de vent pour chasser les gros nuages gris, alors ils se remplissent les joues d'humidité et quand elles sont trop pleines, ils crachent sur l'île aux Cerises.

— On voit bien que leur maman c'est pas la même que la mienne, parce qu'ils n'auraient pas le droit de cracher ! La pluie, ça finit par être ennuyant.

— Voyons, ma petite Lulu, la pluie est un cadeau du ciel. C'est le bon Dieu là-haut qui a décidé de faire son grand ménage, de nettoyer les feuilles de ses arbres et le plumage de ses oiseaux, le toit de tous les vieux chalets, les escaliers poussiéreux et les quais pleins de sable et même les vieilles grand-mères et les petites filles qui n'ont pas pris de douche depuis une éternité.

— On va se laver sous la pluie, grand-maman ?

Lulu croyait rêver.

— Attends tout à l'heure, tu ne perds rien pour

attendre. Savais-tu ça, Lulu, que c'est avec la pluie que le bon Dieu rajoute de l'eau dans son grand fleuve pour que les barbottes et les perchaudes remontent le chenal en toute liberté, que les grenouilles montrent à nager à leurs têtards entre les quenouilles, et que les sangsues se couchent sur le dos et se lavent la bedaine? Quand il pleut, Lulu, tu vas voir comme la nature fait bien les choses, les insectes se multiplient, et qu'est-ce qu'elles font, les hirondelles des granges? Eh bien, elles en profitent; elles invitent toute leur famille, leurs amis et elles se font un vrai banquet. C'est la fête aussi pour le grand héron bleu. Tiens, regarde-le là-bas sur sa roche, il attend les poissons qui s'approchent de la surface. Il est content, le grand héron, le temps brumeux, c'est idéal pour la pêche; il va se payer la traite, crois-moi. Mon pauvre Léon s'inquiète pour son jardin. Il a tort. La terre avait tellement soif, ma belle Lulu, que le bon Dieu a décidé de venir au secours de ton grand-père qui ne fournissait plus avec ses petites chaudières. Surtout qu'il n'est pas vite vite, hein Lulu?

Alice fit un clin d'œil complice à sa petite-fille qui baissa la tête pour retenir son rire.

— Quand la terre va avoir bu tout son soûl, le soleil va revenir. Tu vois, Lulu, la nature nous apprend que le bonheur, c'est une question de point de vue. Mon père avait un vieux dicton qu'il aimait souvent nous répéter : « Tu ne peux pas changer le vent, tu ne peux qu'ajuster la voile. » C'est le secret du bonheur, Lulu, savoir s'adapter au lieu de pleurnicher, voir les choses du bon côté, crois-moi, c'est la meilleure façon de vivre.

Lulu n'était pas entièrement convaincue par le raisonnement de sa grand-mère.

— Moi, je suis sûre que si tu chantais ta chanson magique qui parle du soleil, le beau temps reviendrait.

— Comment ? Tu voudrais contrarier la nature ! Lui montrer que tu n'es pas d'accord avec ses grandes décisions ! Mais c'est très dangereux, Lulu, elle pourrait se vexer et nous envoyer de la pluie tout l'été. Crois-moi, il faut agir avec diplomatie.

Lulu, déçue, s'assit sur le pas de la porte et prit Good Night dans ses bras : « Mon pauvre Good Night, il faut agir avec diplomatie, encore une chose ennuyante inventée par les adultes ! »

— Attends que je fouille dans ma mémoire, reprit Alice, je vais te trouver la chanson parfaite pour la circonstance. Il y en a une, j'en suis sûre.

Alice réfléchit un long moment, les yeux fixés sur ses gros doigts qui semblaient compter toutes les chansons qu'elle connaissait où il était question de la nature. Ses deux mains ne fournissaient plus, son répertoire était immense. Soudain, un grand sourire vint défriper ses vieilles joues.

— Ça y est, je l'ai ! Écoute Lulu, et tu m'en donneras des nouvelles.

Et Alice, sans se préoccuper de la pluie qui tombait de plus belle, descendit les marches en entonnant :

— *I'm singin' in the rain, just singin' in the rain.*

Elle tourna sur elle-même plusieurs fois, les bras tendus vers le ciel pour accueillir les gouttes de pluie comme si c'était des pièces d'or que la nature lui envoyait pour la récompenser de sa bonne humeur. Elle s'arrêta un moment, cherchant dans ses souvenirs les pas de cette chorégraphie qu'elle n'avait vue qu'une seule fois au cinéma, mais qui l'avait tant impressionnée. Puis de nouveau inspirée par son idole, Gene Kelly, elle se lança dans une série de pas compliqués, sautillant de tous les côtés et chantant avec force comme si elle s'adressait à un vaste public.

— *I'm singin' in the rain… What a glorious feeling, I'm happy again…*

— Maman, maman, viens voir ! C'est tellement drôle, grand-maman Alice danse sous la pluie.

Good Night, que toute cette agitation énervait, se mit à japper avec frénésie, ce qui n'eut pas l'heur de plaire à Hélène qui avait déjà les nerfs en boule.

— Fais taire ce chien, Lulu, ou je lui tords le cou.

Lulu le rappela à l'ordre et Good Night se coucha, penaud, à ses pieds.

— Ta grand-mère se prend pour Gene Kelly.

— C'est qui, Gene euh… ?

— C'est la vedette d'une comédie musicale américaine. Alice, vous l'avez peut-être oublié, mais votre idole portait un parapluie, lui, petit détail important quand même, étant donné la température ! Venez vous sécher si vous ne voulez pas attraper votre coup de mort.

— Oh non ! Grand-maman, continue, je t'en prie. Recommence le petit saut sur le côté, c'est le meilleur bout.

— Mais arrête de l'encourager, Lulu, tu veux que ta grand-mère fasse une crise cardiaque, on serait bien avancés, là, tout ça pour des niaiseries !

Alice, qui commençait à être pas mal essoufflée, réussit quand même à inventer une finale spectaculaire et salua sous les applaudissements enthousiastes de sa petite-fille. Good Night, qui tenait à la vie, se contenta sagement de remuer la queue.

— Oh, grand-maman, je veux que tu me l'apprennes, le petit saut sur le côté, tout de suite.

Hélène attrapa sa fille par le bras.

— Plus tard, Lulu, plus tard, as-tu compris ?

— Oui, oui, maman.

Elle se dégagea rapidement et se mit à danser dans le chalet en imitant sa grand-mère.

— *I'm singin' in the rain…* C'est quoi après, grand-maman, c'est quoi ?

Lulu exécuta une pirouette de son invention et passa à deux doigts de renverser le pot de fleurs qui bascula sur la tablette et qu'Hélène réussit à attraper juste à temps.

— Là, ça suffit, Lulu ! Fais ton lit et habille-toi, s'il te plaît ; il est presque onze heures et je déteste te voir traîner en pyjama. Et sors ce chien dehors, tu sais très bien que je ne veux pas le voir monter sur ton lit.

— Mais maman, il pleut beaucoup trop. Lui aussi, il va attraper son coup de mort !

— Arrête de répliquer et fais ce que je te dis.

Alice ne put s'empêcher de rire. La petite Lulu était futée. Comme disait Rosaire, son père, qui avait toujours un dicton pour expliquer les choses : « On ne lui passerait pas une pomme pour une orange à cette enfant-là. »

— C'est ça, belle-maman, encouragez-la. On voit bien que c'est pas vous qui avez la responsabilité de l'élever.

Hélène était d'une humeur massacrante. Son séjour dans l'île pouvait à la rigueur être supportable, mais à condition qu'il fasse beau. Toute cette pluie depuis trois jours lui donnait le vague à l'âme. Elle avait les nerfs à fleur de peau.

Elle rêvait d'une bonne douche fraîche, de vêtements bien repassés qui ne sentiraient pas l'humidité. Ah ! S'asseoir dans un fauteuil confortable et boire un thé glacé, entendre le tintement des glaçons sur le bord d'un verre étincelant de propreté ! Et le silence surtout, le silence dont elle avait tellement besoin pour calmer son âme oppressée. Combien de jours encore lui faudrait-il supporter cette moiteur, ce sentiment d'étouffement, ces images troublantes que la pluie faisait revivre en elle ? Hélène ne se sentait pas bien, mais elle devait le cacher parce qu'une maman se doit d'être forte et courageuse. Il fallait qu'elle s'occupe, qu'elle fasse quelque chose de ses dix doigts pour chasser les démons qui rôdaient dans sa tête.

— Maman, si tu veux que j'envoie Good Night dehors, eh bien il faudrait que tu lui confectionnes un imperméable ! Après tout, lui aussi a le droit de se protéger de la pluie. Good Night, c'est pas un animal comme les autres !

Hélène leva les yeux au ciel. « Mon Dieu ! Faites que Lulu abandonne cette idée farfelue. J'ai assez cousu dans ma vie, je ne vais quand même pas me mettre à coudre pour un chien ! »

Alice ne put s'empêcher d'ajouter son grain de sel :

— J'ai justement une vieille nappe de toile cirée à carreaux qui ferait l'affaire. Allez, Good Night, si tu veux qu'Hélène te fabrique un imper, fais le beau.

Good Night obéit sur-le-champ et, en prime, se mit à tourner sur lui-même sans qu'on le lui demande. Hélène esquissa un faible sourire que Lulu prit aussitôt pour une réponse affirmative. Elle sauta dans ses bras :

— Merci maman, merci, n'oublie surtout pas qu'il faut un capuchon.

— Si tu veux que je réussisse cet imperméable, tu es

mieux de te tenir tranquille, parce que si tu continues à sauter partout, c'est sûr que je vais le rater.

— Oui, oui, maman ! Je vais être sage comme une image.

La pluie s'était calmée un peu, on put ouvrir toutes grandes les fenêtres, mais il faisait encore très chaud et humide. Lulu, assise sur son lit, n'arrêtait pas de gigoter.

— Prends un livre, Lulu, ça va te faire patienter, lui dit sa maman qui regardait, perplexe, la nappe de plastique d'où était supposé naître un manteau de pluie pour un misérable chien crotté qui n'arrêtait pas de la regarder d'un air suppliant et stupide.

Elle prit son ruban à mesurer et se pencha vers lui, un peu dégoûtée. Good Night se coucha docilement sur le côté et se laissa manipuler par Hélène qui l'effleura du bout des doigts. Il ferma même à demi les yeux, faisant mine de s'endormir. « Hypocrite ! » pensa-t-elle.

Pendant ce temps, grand-maman Alice, qui n'avait pas oublié son projet de faire elle-même partie du grand nettoyage de la nature, avait revêtu son éternel maillot de bain, dont elle était très fière. Chaque année, Lulu la taquinait en lui demandant :

— Il était quelle couleur avant, grand-maman ?

— Bleu royal, ma belle Lulu, c'est la couleur préférée du soleil, alors il en a mangé des petits morceaux.

— Ah bon ! répondait Lulu, très sérieuse.

À vrai dire, elle n'avait jamais vu de maillot de bain

aussi étrange, et chaque année, d'aussi loin qu'elle se souvienne, elle attendait avec impatience le moment où sa grand-mère le revêtirait. « On dirait une robe de bal, se disait-elle, mais avec une jupe beaucoup trop courte. Pourquoi tous ces plis, et ces gros boutons brillants, ça sert à quoi ? »

Alice portait fièrement sur ses épaules une cape de ratine jaune de son invention ; elle l'avait fabriquée elle-même à partir d'une vieille serviette de bain, et pour la retenir autour de son cou, elle avait utilisé un vieux cordon de draperie doré dont les deux glands effilochés pendouillaient sur sa poitrine généreuse. « On dirait une reine de carnaval », se dit Lulu, encore sous le choc.

— Est-ce que tu t'es déjà baignée sous la pluie, ma belle Lulu ?

— Non, jamais.

Lulu crut entendre la voix de sa mère qui disait : « Des plans pour attraper une pneumonie », mais Hélène demeura silencieuse.

— Mets vite ton maillot. On va aller chercher Estelle et Michel et on va tous aller se laver au bout du quai.

Alice était une fine mouche, elle avait trouvé cette idée pour que cousins et cousines retrouvent leur belle complicité.

— Apporte ton savon et ta bouteille de shampoing. Si les oiseaux du bon Dieu se lavent, on va faire comme eux. Puis on va nettoyer Good Night aussi, au cas où il lui resterait quelques puces, dit-elle en jetant un regard moqueur vers Hélène, qui demeura concentrée sur son travail.

Elle avait décidé de laisser Alice mener les opérations, mais ne put s'empêcher de donner quelques précieux conseils à son amour de Lulu :

— N'oublie pas ta grande serviette, et reviens tout de suite après pour mettre un bon chandail sinon tu pourrais prendre froid et attraper le rhume, tu sais comme tu es fragile, après tu vas faire de la fièvre, tousser toutes les nuits, et je n'ai pas apporté de sirop, et il n'y a pas de médecin sur l'île…

— Oui, maman, j'ai compris. Ne t'inquiète pas.

Alice était en train d'enfiler ses bottes en caoutchouc.

— Mets tes petites bottes rouges, dit-elle à Lulu, pour ne pas te salir les pieds au retour dans le sentier plein de boue.

— J'arrive, grand-maman ! Viens Good Night, on va bien s'amuser.

Et elles partirent toutes les deux en chantant *I'm singin' in the rain.* Hélène les regarda par la fenêtre en souriant. La reine Alice, la princesse Lulu et leur fidèle Good Night. Quelle équipe !

Se baigner dans le fleuve… Hélène l'avait fait elle aussi, il y a bien longtemps, avec Lucien, quand elle était enceinte de Lulu.

Il avait fait si chaud cet été-là. Malgré sa peur de l'eau, elle avait dû se résoudre à se baigner dans le fleuve pour se rafraîchir un peu. Elle détestait mettre les pieds dans la vase et sentir les algues lui chatouiller les cuisses — juste à y penser, un léger frisson lui parcourut l'échine —, alors Lucien la transportait dans ses bras et la déposait sur une grosse tripe en caoutchouc, où elle se laissait flotter avec son gros ventre, comme une baleine au soleil.

Lucien s'amusait à lui faire peur, il plongeait et disparaissait sous l'eau en retenant son souffle le plus longtemps possible. Il pouvait tenir ainsi de longues minutes pendant lesquelles Hélène guettait à la surface de l'eau le moindre signe de sa présence. Elle finissait toujours par crier, affolée : « Lucien, Lucien, remonte, je t'en supplie ! » jusqu'à ce qu'il lui pince les orteils et surgisse en riant entre ses jambes. Il la faisait tourner sur elle-même et l'arrosait en frappant l'eau de ses grandes mains. « Mais arrête, criait-elle, tu le sais que je sais pas nager ! Tu veux me faire accoucher avant le temps ? C'est ça ? » Et il riait, Lucien, et il était si beau, si amoureux, il l'embrassait sur la bouche, dans les cheveux, l'appelait « ma grosse lune » et replongeait pour recommencer son tendre manège.

Pendant un moment, Hélène oublia ses années de deuil et laissa monter en elle ce sentiment amoureux, si fort encore, si vibrant que le temps n'arrivait pas à l'éteindre. *Embrasse-moi, Lucien, embrasse-moi.* Elle ferma les yeux, mais ses lèvres ne rencontrèrent que le vide. Elle était prisonnière de ses souvenirs.

La reine Alice n'eut aucun mal à convaincre Estelle et Michel de se joindre à elles, et même Arthur et Fleurette décidèrent de les accompagner. Lulu, qui marchait derrière avec Estelle, ne pouvait s'empêcher de regarder les fesses de son cousin, qui dépassaient de son maillot trop petit. Estelle surprit son regard, pouffa de rire et embrassa Lulu sur la joue ; elles étaient réconciliées. Quel bonheur !

— Après, tu viendras chez nous. On va s'enfermer dans ma chambre, j'ai plein de choses à te raconter. Mon oncle André m'a donné un gros sacs de bonbons mélangés, c'est pour nous deux.

— Okay, ça va être le fun.

Lulu glissa la main dans celle de sa cousine et retrouva avec plaisir sa petite paume toujours chaude et un peu collante.

12

Estelle se vide le cœur

Estelle ouvrit le tiroir de sa table de chevet et sortit plusieurs petits morceaux de pastilles au beurre dans un bout de papier déchiré.

— Tiens, je les ai gardées pour toi, c'est tes préférées, il n'y en avait pas beaucoup cette fois-ci.

L'oncle André, qui approvisionnait les enfants de la famille en bonbons et chocolats, devait bien sûr se contenter des restes que la compagnie Laura Secord offrait à ses employés. Il y avait des semaines fastes où les sacs étaient remplis de gros morceaux de chocolat aux amandes ou au caramel croquant, ou de tendres *jelly beans* un peu écorchées, de tronçons de serpentins à la menthe ou de morceaux de gelée aux fruits. Heureux celui ou celle qui, plongeant sa main à l'aveuglette, retirait du sac un chocolat à la cerise presque intact, qui n'avait pas trop souffert de la chaleur.

Ce que Lulu préférait par-dessus tout, c'était les pastilles au beurre qui collaient sur la langue et qu'elle s'efforçait de ne pas croquer pour faire durer le plaisir. On pouvait les sucer pendant de longues minutes sans qu'elles perdent leur forme et quand, d'un coup de langue, Lulu les retournait dans sa bouche, elles retrouvaient leur fraîcheur comme un oreiller que l'on change de côté pendant la nuit. Elle rêvait du jour où elle pourrait s'acheter une pleine boîte de pastilles toutes rondes et lisses, rangées à la perfection dans du papier gaufré.

Pour l'instant, elle devait se contenter de bonbons brisés dont les arêtes piquaient l'intérieur des joues mais qui n'avaient rien perdu de leur délicieuse saveur.

Enfermées dans la chambre d'Estelle, loin du regard d'Hélène, les deux cousines se gavaient de sucreries jusqu'à s'en donner mal au cœur. Elles procédaient toujours de la même façon. C'était une sorte de rituel et chacune obéissait aux règles qu'elles s'étaient fixées. Elles commençaient par vider le contenu de leur sac sur le couvre-lit d'Estelle, puis elles rangeaient les bonbons et les chocolats par catégories : les durs, les mous, les couleurs regroupées entre elles, les miettes en petit tas. Il ne fallait rien perdre. Ensuite, elles comptaient leurs provisions et divisaient le tout en deux parts égales séparées par une ligne imaginaire au milieu du lit.

Sur l'oreiller, il y avait un espace spécial réservé au surplus; c'est là qu'elles pigeaient à tour de rôle pendant la période des échanges, qui était de loin la plus passionnante. Lulu était très forte pour négocier et elle avait même réussi un jour à convaincre Estelle de lui échanger son unique chocolat à la cerise pour trois à la crème de café que sa cousine détestait pourtant. Estelle les avait mangés tous les trois en même temps en grimaçant pendant que Lulu n'en finissait plus de déguster le sien en gardant la cerise pour la fin.

Estelle, qui venait de choisir un gros bout de nougat enrobé d'arachides — une véritable aubaine ! —, replaça ses chocolats de manière que chaque petit tas retrouve sa forme géométrique. Elle se lécha les doigts avec gourmandise en contemplant son trésor. Lulu, elle, pendant ce temps, pigeait allègrement dans les surplus, profitant du fait que sa cousine était distraite par le plaisir de ses papilles gustatives.

— Il paraît que Lison…, marmonna Estelle.

— On parle pas la bouche pleine, l'interrompit Lulu de son petit ton de maîtresse d'école.

— On fait une exception pour aujourd'hui, okay? répliqua Estelle pendant qu'elle enfonçait son doigt dans sa bouche pour décoller le nougat récalcitrant.

— C'est correct, mais arrange-toi au moins pour que je comprenne ce que tu me dis, consentit Lulu.

Sa curiosité l'emporta sur les règles de bienséance tant elle brûlait de savoir ce que sa cousine avait découvert en épiant sans doute les conversations nocturnes de ses parents.

— Il paraît que Lison…, poursuivit Estelle en articulant d'une façon exagérée, il paraîtrait que…

Le nougat lui posait quelques problèmes de diction et elle dut encore une fois y aller de ses doigts pour dégager ses molaires.

— Accouche, Estelle, dit Lulu qui s'impatientait.

— Oui, oui, j'y arrive. Il paraît que Lison, le soir où vous vous êtes perdus…

— On s'est pas perdus, tu sauras, on est juste allés trop loin et je me suis endormie parce que j'étais trop fatiguée, parce que ton frère marchait trop vite pour moi et qu'il arrêtait pas de me faire peur puis de se cacher dans les épis de maïs. Il est pas toujours gentil ton frère, tu sauras…

— C'est vraiment à moi que tu dis ça, Lulu, soupira Estelle. T'auras pas de misère à me convaincre. Veux-tu la connaître mon histoire, oui ou non ?

— Ben oui.

— Alors tais-toi, puis écoute.

Puisqu'elle était forcée de se taire, Lulu engouffra d'un seul coup deux chocolats au caramel croquant.

— T'as l'air d'un écureuil qui fait ses provisions pour l'hiver ! dit Estelle en se tordant de rire et en bavant sur son chandail.

Lulu, ravie, s'amusa à faire l'écureuil qui décortique sa prise avec les pattes de devant et la dévore sur place. Elle passa ensuite la langue minutieusement sur chacune de ses petites griffes et pressa sa cousine de continuer son histoire :

— Vas-y, Estelle, je t'écoute de toutes mes oreilles d'écureuil.

— Mais arrête Lulu, tu vas me faire étouffer.

Estelle prit une grande respiration.

— Bon. Le soir où tout le monde vous attendait…, elle baissa la voix et se mit à chuchoter, ma mère et ta mère se sont chicanées à cause de mon frère qui avait promis de te ramener de bonne heure…

— Ah ! C'est pour ça que…, l'interrompit Lulu, mais Estelle continua sans se soucier de sa cousine.

— Puis après, ma mère qui était pas mal énervée a décidé qu'on rentrait au chalet toutes les deux et qu'il fallait que j'aille me coucher. Il venait juste de faire noir, tu te rends compte ! Mais j'ai pas insisté parce qu'elle était pas dans son état normal, tu comprends ce que je veux dire ?

— Ben oui, Estelle, continue.

— Moi, j'arrivais pas à dormir, je vous guettais par la fenêtre de ma chambre. Quand j'ai vu une petite lumière sur le chemin et que tout le monde s'est mis à parler en même temps, j'ai su que vous étiez revenus. Là, comme je ne voyais plus rien parce que tout le monde était rentré dans le chalet, je me suis un peu assoupie. C'est la voix de mon père qui m'a réveillée. Il parlait pas vraiment fort, mais c'est rare qu'il parle longtemps comme ça, c'est ça qui a dû me réveiller.

Lulu avait cessé de manger et faisait sauter ses *jelly beans* au creux de sa main.

— Vas-tu finir par me dire ce que tu sais ? lui dit-elle, nerveuse.

— Attends, c'est pas facile à raconter… De temps en temps, j'entendais plus rien parce que mon père se mettait à chuchoter. Maman, elle, elle poussait des petits « Oh ! » puis des « Ah mon Dieu ! » Puis j'ai entendu le briquet de papa qui claquait et l'odeur de son gros cigare m'a donné le goût d'éternuer. Deux fois, j'ai entendu le bruit des bouchons de bière qu'on ouvre, et puis maman a dit, je l'ai très bien entendue : « Penses-tu que les enfants ont compris ce qui s'est passé ? » Elle parlait à voix basse, comme quand on annonce une mauvaise nouvelle, et papa a répondu : « Les enfants, je l'sais pas, mais le chien, lui, il avait tout compris. »

Lulu dévisageait Estelle de ses grands yeux inquiets.

— Qu'est-ce que ça veut dire, tu penses ? lui demanda Estelle. Qu'est-ce que Good Night avait compris ?

Et comme rien au monde ne pouvait lui couper l'appétit, elle se mit à lécher le sucre d'un morceau de gelée à l'orange tout en continuant son récit :

— C'est là que maman a dit un drôle de mot, je l'ai pas bien compris la première fois, mais elle l'a répété deux fois : « Un suicide, tu penses que c'est un suicide ? Ah mon Dieu ! Ooooh ! Ah mon Dieu ! »

Estelle imitait à merveille la voix de sa mère. Elle en était consciente et en profitait pour épater sa cousine.

— Après, il y a eu un grand silence, puis elle a dit : « Maudit fleuve, il aura jamais fini de nous faire peur ! » Puis là, ils ont fumé encore, moi, je commençais à avoir mal au cœur mais je bougeais pas, j'voulais entendre le reste. Puis papa a dit quelque chose d'étrange, il s'est mis à parler de ton père, j'comprenais plus rien là, il a dit : « Voyons, Fleurette, Lucien, c'était un accident. »

La voix d'Arthur étant trop difficile à imiter, Estelle se contenta de répéter ses paroles plus lentement.

— Après, j'étais tellement fatiguée que j'ai dû m'endormir.

Lulu était devenue toute pâle. « Tout le monde parle de mon père ces temps-ci, se dit-elle, je me demande bien pourquoi. » Les deux cousines fixaient le lit comme si la réponse allait leur apparaître en lettres de chocolat. Puis Estelle posa la question qui lui brûlait les lèvres :

— Comment il est mort, ton père ?

Lulu répondit un peu à contrecœur :

— Je ne sais pas, c'était avant ma naissance… un accident, je pense… maman ne veut pas en parler… Tiens, je te donne le reste de mes chocolats, il faut que je m'en aille.

Lulu se leva rapidement et enfila le gros chandail que sa mère l'avait obligée à mettre après la baignade. Mais une autre question tourmentait Estelle.

— Est-ce que tu sais ce que c'est, un suicide, toi ?

Lulu le savait, mais elle ne répondit pas tout de suite. Elle voulait profiter de ce petit moment de supériorité sur sa cousine qui lui en avait mis plein la vue avec tous ses secrets.

— Oui, je le sais.

Elle prit un temps avant de continuer, pour exciter encore davantage la curiosité d'Estelle.

— En ville, notre voisine d'en bas était malade, puis un jour, comme ça, elle est allée se jeter dans le canal Lachine. Elle est morte. Ils ont retrouvé son corps un mois plus tard. J'ai entendu maman raconter ça à son amie Françoise au téléphone. Maman m'a dit que c'est parce qu'elle était très malade et qu'elle souffrait trop qu'elle a voulu mourir.

— Mais Lison, elle est pas vraiment malade…

— Elle a une grosse peine d'amour, c'est la pire des maladies, il paraît que ça fait plus mal que le mal de dents.

— Ayoye ! J'ai pas hâte de connaître ça !

Estelle porta instinctivement sa main à sa bouche, se rappelant combien elle avait souffert d'une mauvaise carie l'été dernier.

— Penses-tu que ça peut nous arriver ?

— On est trop petites, inquiète-toi pas, c'est pas pour nous autres. Bon, il faut vraiment que je m'en aille. On se rejoindra plus tard.

Lulu s'arrêta au pied du lit et regarda sa cousine, qui semblait avoir déjà tout oublié de leur conversation tant elle était occupée à remettre de l'ordre dans ses bonbons.

— Estelle, t'es mon amie pour la vie, hein ?

— À la vie à la mort, répondit Estelle très sérieusement.

Elle ajouta tout de suite avec son air espiègle :

— La première qui pète a tort.

Lulu se força pour rire un peu. Elle avait hâte d'aller retrouver Good Night et de le serrer très fort dans ses bras.

13

C'est dimanche!

Lulu se réveilla aux petites heures. Elle repoussa son édredon d'un grand coup de pied; elle avait des fourmis dans les jambes. « C'est dimanche! » se dit-elle, déjà tout excitée. En ville, il n'y avait rien de plus ennuyant que le dimanche, mais ici c'était son jour préféré. « C'est le jour du Seigneur, ma belle Lulu, alors il faut faire de notre mieux pour qu'il soit content de nous », lui répétait toujours grand-maman Alice. Et pour qu'il soit vraiment content, Lulu avait compris qu'il fallait être très propre — ce qui ne l'embêtait pas vraiment —, bien habillée — ça, c'était moins drôle —, et rester sans manger pour aller communier — ce n'était pas trop difficile, surtout quand elle pensait aux petits gâteaux pleins de crème qu'elle aurait la permission de dévorer après la messe.

L'île aux Cerises n'avait pas sa propre chapelle. Tous les habitants qui désiraient assister à la messe dominicale — c'est-à-dire tout le monde — devaient se rendre par bateau à l'île voisine, où le vieux curé Tardif accueillait ses brebis, comme il les appelait, dans la chapelle de Notre-Dame-du-Rosaire.

La modeste chapelle de bois était la fierté de ses paroissiens qui, chaque année, donnaient de leur temps pour la repeindre et la réparer. Les sœurs Côté avaient pour tâche de retoucher l'énorme statue de la Vierge qui décorait le maître-autel, et elles travaillaient en se chamaillant, pour le plus grand plaisir du curé Tardif.

— Mesdemoiselles Côté, si vous continuez à vous comporter comme des enfants, je vais être obligé de vous séparer.

— Monsieur le curé, si la Vierge Marie louche, vous saurez que c'est la faute de Solange et pas la mienne.

Sur quoi Solange répliquait :

— Bien moi, je dépasse pas, au moins !

Chaque dimanche matin, d'un bout à l'autre de l'île, les chalets bourdonnaient d'activité. Même Fleurette ne se faisait pas prier pour se lever, et s'empressait à se coiffer et à mettre du rouge à lèvres. Hélène disait qu'elle en mettait beaucoup trop : « Ce n'est pas le moment de se barbouiller, on s'en va à la messe, on s'en va pas danser ! » Mais Lulu la trouvait belle ainsi, quand elle sortait sur son perron dans sa robe fleurie.

L'oncle Arthur venait la rejoindre, la prenait par la taille et l'embrassait, et Lulu les enviait d'être si heureux. L'oncle Arthur vérifiait toujours qu'il avait bien mis un cigare dans sa poche de chemise : il le fumerait plus tard en agréable compagnie sur la galerie du magasin général où tout le monde se retrouverait après la messe pour parler de tout et de rien.

Même pépère Tourville se mettait en frais ce jour-là : il prenait un bain au bout du quai. Lulu en doutait, mais Michel lui avait assuré que c'était vrai, il l'avait vu de ses propres yeux. Michel ne disait pas toujours la vérité, mais Lulu avait remarqué que pépère Tourville avait fière allure quand il quittait son éternelle salopette pour *s'endimancher*, comme il disait.

Ulysse Tourville transportait dans sa grande chaloupe ceux qui n'avaient pas de moyen de locomotion pour traverser à l'île Chagnon et les premiers arrivés étaient toujours les sœurs Côté, qui s'assoyaient sagement à l'ombre du grand saule en attendant l'heure du départ.

Comme tous les dimanches depuis des années, Solange portait sa robe grise à fleurs roses et sa sœur, ma tante La Fille, sa robe rose à pois gris. Sans oublier leurs chapeaux de paille : celui de Solange était orné d'un bouquet de marguerites sur le côté, et celui de La Fille comportait une délicate voilette. Elles tenaient toutes les deux à la main des petits gants blancs en dentelle, identiques.

Elles s'étaient chicanées ce matin-là, parce que, la veille, Solange avait oublié de prendre ses cachets pour dormir et n'avait pas cessé de faire grincer son lit. « Je suis épuisée, je n'ai pas fermé l'œil de la nuit. Si je m'évanouis pendant la messe, tu sauras à qui la faute ! » n'arrêtait pas de répéter ma tante La Fille qui partageait la même chambre. Solange savait que sa sœur allait de toute façon se lamenter toute la journée, aussi préféra-t-elle ne pas répondre à ses accusations et garder le silence.

Grand-papa Léon ne le disait à personne, mais il détestait les dimanches. Depuis qu'il était à la retraite, le dimanche était devenu la journée la plus occupée de la semaine, surtout avec Alice qui n'arrêtait pas de lui pousser dans le dos. Aussi était-il toujours le premier debout.

Si Léon se levait tôt, c'était parce qu'il espérait ainsi prendre de l'avance et faire tranquillement ce qu'il avait à faire sans avoir sa femme sur les talons. À peine levé, il avait déjà l'air anxieux, et la peau de son front se plissait en petites vagues. « Il a encore mal dormi, pensa Lulu. Pauvre grand-papa ! »

Léon avait plusieurs tâches à remplir et il les exécutait dans un ordre précis. Le moindre changement dans ses habitudes troublait sa paix intérieure et le mettait hors de lui.

Lulu, qui aimait bien observer les gens, connaissait par cœur les déplacements matinaux de son grand-père et s'amusait à le suivre discrètement. Juste à la façon dont il remplissait la grosse bouilloire à la pompe de la cuisine, elle pouvait juger de son humeur ; s'il faisait du bruit en replaçant le couvercle, c'est qu'il était nerveux et agité, s'il admirait son jardin pendant que l'eau coulait, c'est que tout allait bien. Mais s'il poussait de profonds soupirs d'exaspération, la journée s'annonçait longue et difficile.

En attendant que l'eau bouille pour sa toilette, il sortait ses vêtements propres et les suspendait au crochet de la cuisine. Puis il installait son miroir près de la fenêtre, là où l'éclairage était le meilleur, vérifiait deux fois plutôt qu'une la lame de son rasoir et, le moment venu, se barbouillait le visage de crème avec un drôle de pinceau, pensait Lulu. Il effectuait toutes ces tâches avec le plus grand sérieux.

Léon ne parlait jamais pendant qu'il se rasait et Lulu se contentait de l'observer en silence. Il lui arrivait de faire de drôles de grimaces en promenant le rasoir sur ses joues et Lulu se tortillait de rire sur la banquette.

Imperturbable, Léon éclaboussait le menton de Lulu d'un petit coup de blaireau en lui faisant un clin d'œil. Chaque dimanche, Lulu attendait ce moment avec impatience. Chaque fois, elle jouait la surprise, disait « Oh, grand-papa ! » avec un air de reproche, et lui continuait mine de rien son rituel dominical. Elle aurait bien aimé lui sauter au cou et l'embrasser, mais elle avait peur de gâcher cet instant privilégié.

Ensuite, Léon descendait au quai nettoyer sa chaloupe. Il essuyait les banquettes avec soin et mettait des petits coussins de toile cirée pour les dames. Il vérifiait sa provision d'essence et le niveau d'huile du moteur. Il ne lui restait plus qu'à remonter s'habiller et écouter les recommandations interminables de sa douce moitié.

Lulu regarda par la fenêtre et s'attrista aussitôt. Il faisait un temps épouvantable. Elle entendit la voix de sa mère qui lui chuchotait :

— Recouche-toi, Lulu. On n'ira jamais à la messe par un temps pareil. Entends-tu gronder le tonnerre ?

— Ça va se calmer bientôt, maman. J'en suis sûre.

— Bien moi, je suis sûre d'une chose, c'est qu'il n'y a personne qui va me faire embarquer dans une chaloupe aujourd'hui, et toi non plus, ma fille. Alors ferme les yeux et dors !

Lulu se retourna vers le mur pour échapper au regard de sa mère, mais elle garda les yeux grands ouverts. Un dimanche sans aller à l'île Chagnon, ce n'était pas un vrai dimanche. « Ah ! Si grand-maman Alice pouvait se lever. C'est elle qui va décider, comme d'habitude, et c'est pas un petit coup de tonnerre qui va lui faire peur. Elle a dû très mal dormir cette nuit, grand-papa a encore fait un cauchemar. À un moment donné, je l'ai entendu crier "Lucien! Lucien!" d'une voix désespérée. Peut-être que c'était mon père qu'il voyait en rêve… peut-être… »

La pluie se mit à tomber. Elle eut une pensée pour Good Night qui dormait sous la galerie. « Pauvre Good Night! » et elle serra son oreiller en s'imaginant que c'était lui.

Si Lulu tenait mordicus à aller à la messe, ce n'était pas parce qu'elle était particulièrement pieuse, mais elle avait l'esprit à la fête et elle adorait chanter les cantiques, qu'elle connaissait par cœur. Elle ne chantait pas très fort, pour que personne ne s'aperçoive à quel point elle faussait, mais elle y mettait tout son cœur. Quand l'oncle André entonnait *Au ciel, au ciel, au ciel, j'irai la voir un jour* en faisant rouler les *r,* Estelle et Lulu se tenaient par la main pour ne pas éclater de rire. Elles s'étaient plus d'une fois attiré les foudres d'Hélène qui leur servait son sermon sur le respect et la politesse dont elles connaissaient par cœur les meilleurs passages. Hélène avait des convictions profondes, mais elle les exprimait toujours de la même façon, et ça finissait par devenir terriblement ennuyeux.

À force de contempler le mur, Lulu se sentit tout engourdie. « Je me demande quelle heure il peut bien être », pensa-t-elle, et elle s'assoupit, bercée par le bruit de la pluie sur le vieux toit de tôle.

— Debout, bande de paresseux !

Grand-maman Alice prit tout le monde par surprise.

— On s'est levés beaucoup trop tard, il nous reste juste trois quarts d'heure pour se préparer.

Léon sortit de la chambre les cheveux en bataille et l'air perdu.

— Ben… moi là, moi là…

Il croisa le regard d'Alice et comprit quel pénible dimanche il allait traverser.

— J'aurai pas le temps de me faire la barbe, marmonna Léon.

Il se fit tout de suite rabrouer par Alice :

— C'est sûr que si tu restes là à chialer, t'auras pas le temps de faire grand-chose. Agis, Léon, agis.

Hélène regarda par la fenêtre. La pluie avait cessé, il est vrai, mais le temps était encore bien maussade, et le fleuve était couvert de petits moutons blancs qui l'inquiétaient.

— Vous ne croyez pas, belle-maman, qu'il serait plus prudent de rester à la maison ? Le temps est incertain.

Elle posait la question à tout hasard, car elle savait bien que rien ne pourrait renverser la décision d'Alice.

— On n'est pas faits en chocolat, ma petite fille ! On va emporter nos imperméables, c'est tout.

Hélène, terrifiée par l'idée d'aller se promener sur le

fleuve sous la pluie et peut-être même sous l'orage, chercha un autre moyen de la convaincre.

— Vous savez que Lulu est fragile, un refroidisse-
ment est si vite arrivé…

— Cette enfant-là est en parfaite santé, elle est bien
plus solide que tu penses, je te l'ai déjà dit. Puis à part ça,
il n'y a presque plus de vent. Le bon Dieu est de notre
bord, ça va être une journée magnifique !

Et comme par miracle, un faible rayon de soleil
perça à travers les nuages et vint égayer les rideaux de
cretonne.

— Yé ! Yé ! Il fait soleil ! Chante, grand-maman,
chante ! *Zip-a-dee-doo-dah, zip-a-dee-ay, my ! oh my !
what a wonderful day ! Plenty of sunshine heading my
way, zip-a-dee-doo-dah, zip-a-dee-ay !*

C'est en sautillant de joie que Lulu se prépara tandis
qu'Hélène, prudente, glissait leurs imperméables dans
un sac ainsi qu'un chandail pour sa petite Lulu adorée.
Pendant ce temps, Léon s'agitait sur place sans trop
savoir par où commencer.

Good Night sortit de sa cachette dès qu'il entendit
des pas au dessus de sa tête et il se précipita sur le chemin, où il se mit à aboyer et à remuer la queue avec frénésie.

— Bon, qu'est-ce qu'il a encore, celui-là ! soupira
Hélène. Lulu, pourrais-tu faire taire ton charmant petit
ami ?

— C'est parce qu'il y a de la visite qui arrive, répliqua Lulu, c'est Lison et ma tante Marguerite, alors Good Night est tout content, tu comprends.

Lulu s'aperçut vite que son petit terrier allait faire une bêtise. Elle lui cria :

— Non, non, Good Night ! Saute pas sur la robe de Lison, non, reviens ici tout de suite, non, j'ai dit, oh ! mon Dieu ! Viens mon chien, viens !

Mais Good Night n'en faisait qu'à sa tête et mettait toute son énergie à exprimer sa joie de revoir celle qu'il avait sauvée des eaux. Lison essayait tant bien que mal de le calmer en le caressant, mais ce n'était pas suffisant ; il désirait plus que tout se faire prendre et retrouver l'odeur douce et fine des cheveux de Lison en glissant son museau dans son cou. Peu importe qu'il ait les pattes affreusement sales et le corps tout mouillé, il tenait à manifester son amour haut et fort. Lison se pencha et prit dans ses bras la petite boule de poils que plusieurs auraient trouvée repoussante, mais pas elle. Good Night se calma aussitôt.

— Ma pauvre enfant, entre donc, je vais nettoyer ta jupe, s'empressa de dire Hélène qui considérait la bévue de Good Night comme une catastrophe planétaire. Et toi, Lulu, je te conseille d'attacher ce chien stupide. De toute façon, l'été achève et ses jours sont comptés, ajouta-t-elle d'un ton cinglant.

— Ne soyez pas trop dure, Hélène, lui dit Lison.

Sa voix était encore fragile et ses gestes manquaient de vigueur, mais quelque chose brillait à nouveau dans ses yeux.

— Good Night n'est pas un chien comme les autres, Lulu a raison, et je ne pourrai jamais oublier ce qu'il a fait pour moi.

Il y eut un grand silence dans la cuisine. Chacune jonglait avec le malaise et cherchait une façon de réagir. Lulu baissa les yeux et pensa : « Estelle avait raison, c'était donc vrai alors… »

Dissimulant son trouble, Hélène mit encore plus d'ardeur à frotter les traces de boue sur la jupe de Lison.

Alice fut la seule à trouver les mots pour rompre le silence. Elle attira Lison dans ses bras, lui plaqua deux gros baisers sur les joues et lui dit :

— C'est une nouvelle vie qui commence pour toi, ma fille. Sois brave, le bon Dieu te le rendra au centuple.

Good Night se mit à pleurer sur la galerie, la tête penchée de côté comme pour faire pitié, ce qui fit rire tout le monde et détendit l'atmosphère.

— Tu montes dans la chaloupe avec nous, Lison, dit Lulu soudain très excitée, tu vas t'asseoir à côté de moi, okay ?

Elle chercha des yeux l'approbation de sa grand-mère, qui s'empressa de donner son accord.

— Ce sera un beau dimanche, hein grand-maman ?

14

La petite chapelle

« Oui, j'irai voir Marie, ma gloire et mon amour… »
De sa belle voix de ténor, l'oncle André venait d'entonner son cantique à la Vierge préféré et tous les paroissiens répondaient en chœur : « Au ciel, au ciel, au ciel, j'irai la voir un jour », quand un coup de tonnerre assourdissant fit vibrer les vitres de la chapelle. Estelle et Lulu sursautèrent en même temps, ce qui ne manqua pas de provoquer chez elles un fou rire.

Lulu sentit aussitôt se resserrer la main de sa mère sur son bras ; il fallait rester calme. Mais un grondement plus fort que le premier la fit tressaillir elle aussi. Hélène lança un œil réprobateur à celle qui l'avait entraînée malgré elle dans cette aventure, mais grand-maman

Alice continuait de chanter comme si elle n'avait rien entendu.

L'oncle Arthur chuchota d'un air amusé à sa femme :

— On va y goûter.

Puis se penchant vers les deux cousines :

— Avez-vous vos costumes de bain, les petites filles ?

Lulu se retourna pour lui faire un sourire complice et croisa le regard désespéré de son grand-père qui ferma les yeux aussitôt. Les petites vagues de souci sur son front ressemblaient maintenant à de gros sillons, et sa bouche prononçait des mots que Lulu n'arrivait pas à saisir.

Léon priait. Il priait intensément pour que s'éloigne l'orage qu'il ne se sentait pas le courage d'affronter aux commandes de sa modeste chaloupe.

La pluie se mit à tomber avec fracas et une obscurité sournoise envahit la petite chapelle. Fascinée, Lulu regardait la flamme des bougies vaciller sous la secousse du vent. Sous leur lumière fragile, plus rien ne ressemblait à ce qu'elle avait l'habitude de voir tous les dimanches. Transformés par les ombres, les paroissiens qu'elle connaissait si bien étaient devenus des personnages mystérieux.

— Regarde mémère Tourville, chuchota Lulu à l'oreille d'Estelle, on dirait qu'elle a une moustache !

— Tais-toi ! lui répondit Estelle qui faisait de son mieux pour rester tranquille.

Monsieur Giroux, le propriétaire du magasin général, avait une grosse voix et il s'en servait quand les
enfants s'attardaient trop longtemps devant son comptoir de friandises.

— On va prendre deux éclairs au chocolat, répondit Lulu qui commençait à en avoir assez de se faire
mener par le bout du nez par sa cousine, puis un Ginger
Ale avec deux pailles.

— Non, pas un Ginger Ale, protesta Estelle, tu le
sais que j'aime pas ça, ça remonte dans le nez. On va
prendre une bière d'épinette à la place.

— Ah non, par exemple!

Lulu en payait la moitié, elle tenait à en avoir pour
son argent.

— Tu la bois trop vite, il m'en reste jamais assez…

Monsieur Giroux s'impatienta.

— Je n'ai pas que ça à faire, vous écouter vous obsti-
ner à trancher pour un beau Seven Up, okay?

Il tendit la petite bouteille verte et leurs deux
et mit l'argent dans sa grosse caisse.

— Maintenant, dehors! leur ordonna-t-il. Je ne
veux pas de miettes sur mon plancher!

— À vos ordres, chef, lui répondit Estelle d'un ton
et les deux cousines se sauvèrent en ricanant
avec leurs précieuses provisions.

Tous les dimanches, la conversation tournait sur la température, et aujourd'hui en particu-

Un courant d'air soudain traversa l'allée centrale
et Fleurette faillit perdre son chapeau, l'oncle Arthur
l'attrapa de justesse. La jupe de Lison se souleva dans
les airs, elle la rabattit en rougissant. Les pages du
grand missel de monsieur le curé se mirent à tourner
toutes seules et l'enfant de chœur qui sommeillait se
réveilla tout à coup en poussant un petit « Oh! » de
surprise.

Estelle et Lulu, qui avaient remarqué tout cela, se
pinçaient pour ne pas éclater de rire, mais Hélène, absor-
bée par ses dévotions, ne voyait plus rien. Elle priait. Elle
priait très fort pour que cesse l'orage qui la terrorisait.

Pépère Tourville se leva et, avec l'aide de ses fils,
ferma les fenêtres et la grande porte d'entrée. Le calme
revint. Lulu faisait mine de se concentrer et de suivre la
messe. « Avec la chaleur qu'il fait, pensa-t-elle, je vais ressortir d'ici frisée comme un mouton! »

L'oncle André qui rivalisait avec le bruit de la pluie
pour pousser vers le ciel son hymne à la Vierge suait à
grosses gouttes et s'épongeait le front avec son mouchoir
à carreaux. « Au ciel, au ciel, au ciel… »

Les voix unies des fidèles montaient en chœur vers le
ciel en colère et un sentiment de fraternité les reliait les
uns aux autres. Ils étaient bien, là, à l'abri tous ensemble,
et leurs prières semblèrent porter fruit.

La tempête s'apaisa. La statue de la Vierge à peine
éclairée semblait poser sur eux un regard plus doux,

plein de compassion. « On dirait qu'elle me sourit », pensa Lulu.

La messe terminée, personne ne s'attarda sur le perron de l'église et les enfants furent les premiers à courir sous la pluie se réfugier au magasin général de l'autre côté du chemin. Estelle entraîna Lulu vers le comptoir des gâteaux et elles se lancèrent dans une longue comparaison afin de déterminer lequel contenait le plus de crème fouettée.

Le magasin général qui fascinait tant les deux cousines était des plus rudimentaires. Des boîtes de conserve et des produits d'entretien ménager s'alignaient sur les grandes tablettes de bois blanc. On y trouvait aussi du tabac, de l'huile à lampe, du sel et du poivre, des spaghettis, de la farine, du sucre, et, le dimanche, du pain frais et des gâteaux.

Sur la dernière tablette du fond, il y avait une grosse provision de boîtes bleues ornées d'un drôle de mot qui commençait par un grand *k*. Estelle, plus dégourdie que sa cousine, lui avait expliqué que c'était des Kotex, des serviettes hygiéniques pour les grandes filles qui étaient indisposées. Chaque dimanche, elles surveillaient attentivement pour voir qui serait dans l'obligation de s'approcher du comptoir et demander une boîte de Kotex à Alfred, le commis. Celui-ci, qui malgré ses vingt ans ressemblait encore à un adolescent boutonneux, s'empresserait alors de glisser en rougissant la boîte dans un sac en papier.

« Ça donne rien, pensait Lulu. De toute façon t[...] monde reconnaît la forme de la boîte à travers le [...]

La suite était plus traumatisante encore : il fa[...] tir du magasin et franchir le groupe des ho[...] fumaient sur la galerie. Toutes les jeunes [...] même les plus vieilles, savaient qu'elles n'é[...] pas aux quolibets des mâles du village.

Lulu poussa Estelle du coude. Lison [...] comptoir. Bien qu'on n'entendit pas [...] commande, l'expression d'Alfred [...] doute. Elle sortit dignement du ma[...] simulé tant bien que mal sous le b[...]

— Est vraiment pas chan[...] Lulu à l'oreille d'Estelle.

— Ça n'a rien à voir ave[...] tous les mois, de toute faço[...] sûre de pas être enceinte ! [...]

— Comment ça, e[...] comprenait plus rien.

Estelle répliqua a[...]

— Ben oui, ma[...] qu'elle a voulu mo[...] du monsieur, tu [...]

— Mais c'[...] Lison, t'as vra[...]

— Alor[...] choix ?

lier, elle semblait préoccuper bon nombre de résidants de l'île aux Cerises, qui craignaient d'avoir à naviguer sous la pluie.

Mimi Tourville, qui fumait sa pipe avec les hommes sur la galerie, était comme d'habitude au centre de la conversation. Ses origines indiennes la prédisposaient à être bonne conseillère en matière de météo. Elle délaissa sa pipe pour pointer vers le ciel son museau de souris qui frémissait au moindre changement atmosphérique.

— Il va y avoir un gros orage, un très gros orage… bientôt, proclama-t-elle d'un air dramatique.

L'oncle Arthur, qui aimait bien la taquiner, lui dit :

— Où est-ce que vous voyez ça, Mimi, pour l'amour ? La pluie a cessé, le ciel se dégage de plus en plus, il y a une belle petite brise, vous allez pas nous faire accroire que le pire est devant nous ?

Il fumait son cigare avec contentement et ses grosses joues rejetaient la fumée vers le ciel.

— Arthur, quand la boucane de ton gros cigare va revirer de bord, tu m'en donneras des nouvelles. Le vent est à veille de tourner, tu devrais faire comme moi puis rentrer chez vous au plus sacrant.

Hélène, qui écoutait la conversation, ne put s'empêcher d'ajouter :

— Mimi se trompe rarement, on devrait suivre ses conseils et rentrer tout de suite.

Personne ne porta attention à sa remarque et un

faible rayon de soleil à travers les nuages convainquit tout le monde de continuer à s'amuser.

La conversation bifurqua sur l'épluchette de blé d'Inde annuelle, qui promettait d'être une des plus belles que l'île avait connues, et pépère Tourville, qui n'écoutait plus sa femme depuis des années, sortit sa petite flasque de cognac et baptisa son café. Tous les hommes en firent autant, sauf Michel qui se vit refuser sa part parce qu'il n'avait pas encore quinze ans. Il se vengea en allant fumer en cachette derrière la remise, mais fut dénoncé par Estelle et Lulu qui avaient décidé de lui faire payer ses airs de supériorité.

Grand-maman Alice eut un franc succès quand elle raconta pour la énième fois son voyage de noces avec Léon, et même si tout le monde connaissait l'histoire par cœur, on s'amusa ferme. C'était un beau dimanche, finalement. Personne ne remarqua que Mimi Tourville avait disparu comme par enchantement.

15

Panique à bord

—Mets-le tout de suite, Lulu, on ne sait jamais, dit Hélène en lui tendant son imperméable.

Lulu avait déjà très chaud et n'avait aucune envie de mettre cet affreux vêtement en plastique transparent qui collait à la peau. Pour ne pas déplaire à sa mère qui paraissait nerveuse, elle obéit sans maugréer.

Grand-maman Alice, en compagnie de Lison, s'attardait sur le quai. Elle l'entretenait de son dada préféré : la musique.

— Ma petite fille, laisse-moi te dire que la musique, c'est la plus belle invention de l'homme, dit-elle avec passion. Je t'écoutais tout à l'heure à la chapelle, t'as une jolie voix, une très jolie voix, tu devrais faire partie d'une chorale. La musique, c'est magique ! C'est le meilleur des remèdes contre la mélancolie…

Elles jasaient tranquillement pendant que Léon vérifiait pour la deuxième fois le moteur du bateau. Hélène, qui n'avait qu'un seul désir, celui de rentrer le plus vite possible à l'île aux Cerises, était déjà installée avec Lulu dans la chaloupe et scrutait l'horizon d'un œil inquiet.

Le vent se leva tout à coup et Lison eut du mal à retenir sa jupe qui voulait s'envoler comme un oiseau déploie ses ailes. Alice n'en vit rien, trop occupée à essayer de la convaincre de l'importance de la musique.

— Quand je prends mon accordéon, ma fille, j'oublie tout, je pars dans mon monde à moi, j'oublie tous mes soucis…

— Belle-maman, oubliez pas qu'on vous attend ! lui rappela Hélène qui trépignait d'impatience, assise sur sa banquette.

— Moi là… moi là… je suis prêt ! ajouta Léon qui anticipait les reproches d'Alice.

Lulu, qui regardait le ciel en faisant bouger son nez pour imiter mémère Tourville, répéta la phrase de l'oncle Arthur en riant :

— Je pense qu'on va y goûter !

L'œil sombre de sa mère la figea sur place et elle regretta de ne pas être assise avec Lison pour pouvoir au moins parler de Good Night et de toutes ses merveilleuses qualités. « Pauvre Good Night, il n'a même pas encore d'imperméable », pensa Lulu avec regret. Grand-maman Alice entonna *Le Danube Bleu* et la chaloupe quitta enfin l'île Chagnon sous un ciel de plus en plus sombre.

— Léon, tu t'en vas trop à gauche, qu'est-ce que tu fais ? Bon sang ! lança grand-maman Alice à son mari qui osa répondre :

— Je reste près de la côte. Au large, les vagues sont trop fortes.

Le vent soufflait de plus en plus fort et il fallait crier pour se faire entendre.

— Si t'es pas capable de chauffer, j'vais y aller.

Lulu se cacha dans son capuchon pour rire. Chaque fois, c'était la même chose : grand-maman Alice finissait toujours par menacer le pauvre Léon de prendre sa place. Il bifurqua un peu vers le large et les vagues qui heurtaient de front la vieille chaloupe avec un bruit sec éclaboussèrent Lulu et sa mère, assises à l'avant.

— Yé, grand-papa, continue, ça va nous rafraîchir ! fit Lulu qui adorait se faire secouer par la houle.

Hélène ne partageait pas son enthousiasme et, le cœur serré, elle comptait les minutes qui les séparaient de la terre ferme. Comme elle enviait Lulu d'être si légère, si insouciante, et comme elle remerciait le ciel de ne pas lui avoir transmis cette angoisse terrible qu'elle avait ressentie quand elle la portait dans son ventre. Lulu avait été un bébé merveilleux, calme et rieur, qui avait hérité de la joie de vivre de son père.

Hélène prit sa fille par la main. Lulu riait aux éclats chaque fois qu'une vague les arrosait et frémissait de plaisir en attendant la prochaine.

— Il y en a une grosse qui s'en vient, maman, tiens-toi bien !

Hélène s'efforçait d'y prendre plaisir et se collait à sa fille pour faire taire sa propre peur.

Mais Lulu changea brusquement d'expression, passant du rire à l'étonnement. Hélène se pencha vers elle.

— As-tu froid mon trésor ? s'inquiéta-t-elle en la serrant dans ses bras.

Lulu ne répondit pas, elle gardait les yeux fixés au loin.

— Regarde, maman, regarde là-bas, c'est tout noir sur le fleuve, on dirait que ça avance sur nous !

Hélène leva les yeux vers l'horizon.

— Mon Dieu ! ne put-elle s'empêcher de crier.

Une masse sombre et impressionnante formait un grand rideau opaque devant eux, un grand rideau de pluie et d'orage qui allait s'abattre bientôt sur l'île aux Cerises.

Les eaux agitées avaient pris une teinte blanchâtre, et les vagues au loin formaient sur le grand tableau noir une ligne précise, presque lumineuse, qui se rapprochait dangereusement.

— C'est un ouragan, Lulu, c'est un ouragan ! murmura Hélène en agrippant sa fille.

Lulu, qui avait pourtant l'habitude des exagérations

de sa mère, lut une telle peur sur son visage qu'elle ne douta pas une seconde que quelque chose de terrible allait se produire. Une rafale soudaine arracha le chapeau de grand-maman Alice. Lulu le vit un moment tourbillonner dans les airs et disparaître en une seconde, englouti par les flots.

Mais Alice avait des soucis plus graves que celui de perdre son chapeau. Elle se retourna vers Léon et lui cria de toutes ses forces :

— Bon sang ! Léon, dépêche-toi ! Plus vite ! On n'y arrivera pas !

Léon, qui n'avait encore rien vu de ce qui les attendait, répondit en toute innocence :

— Ben moi là… je fais mon possible…

Ses paroles se noyèrent dans le vent.

Lulu aperçut la chaloupe de l'oncle Arthur qui les avait devancés. Arthur faisait de grands gestes désespérés pour leur indiquer d'aller plus vite et leur criait des choses que personne n'arrivait à entendre. Il pointait du doigt le ciel, puis la côte, puis de nouveau le ciel. C'était à n'y rien comprendre.

Lison, aussi pâle que le rayon de lune qu'elle avait visité le soir de sa grande tristesse, tendit la main vers Lulu pour chercher un peu de réconfort.

Hélène sentait monter en elle une vague de panique aussi forte que celle qui agitait les eaux du grand fleuve. Elle sortit son chapelet et pria. La tempête se rapprochait à toute vitesse, et chacun savait maintenant qu'ils ne pouvaient espérer se rendre à l'île sans l'affronter.

— Qu'est-ce que tu fais, Léon ? Avance ! dit grand-maman Alice qui s'énervait.

Mais elle n'avait plus d'emprise sur Léon qui, terrifié, restait figé en fixant le ciel. Jamais il n'aurait cru se retrouver de nouveau sur le fleuve en pleine tempête. Jamais il n'avait imaginé, même dans ses pires cauchemars, que la vie l'obligerait à traverser une autre fois cette épreuve. Il avait déjà connu l'échec, et il ne se sentait plus la force de combattre.

Le vent secouait violemment la petite chaloupe ballottée par les courants. Lulu remarqua avec étonnement que ses pieds trempaient dans l'eau ! Les vagues frappaient maintenant de tous côtés et Lulu se mit à trembler de froid et de peur. « Mon pauvre Good Night, pensa-t-elle, comme il doit paniquer sous la galerie ! »

Un éclair fulgurant déchira le ciel, suivi d'un coup de tonnerre assourdissant. Grand-maman Alice cria :

— La foudre ! Il faut se mettre à l'abri.

À cette minute précise, Alice jugea qu'elle était la seule à pouvoir prendre en main la situation et c'est ce qu'elle fit sans hésiter. Elle tendit à Lulu deux vieilles cannes de métal.

— Donne-moi ta place, j'vais chauffer. Toi puis Lison, mettez-vous dans le fond de la chaloupe, les jambes en dessous du banc, et videz-la.

Hélène la regarda passer l'air hébété. Alice lui fit signe de s'accroupir elle aussi et elle arracha le gouvernail aux mains de Léon en le poussant au fond de la chaloupe.

— Il faut accoster, lui dit-elle durement.

— Où ça ? demanda Léon, estomaqué.

— N'importe où ! Accrochez-vous aux bancs. On entre dans la tempête !

Lulu, qui écopait ferme, vit comme dans un rêve la grande noirceur gagner leur frêle embarcation et les enfermer dans une bulle qu'une main diabolique secouait sans répit. Une pluie drue et froide s'abattit sur eux d'un seul coup. Lison se mit à pleurer. Lulu regarda autour, elle ne voyait plus rien, elle distinguait à peine grand-maman Alice au bout de la chaloupe. Alice cherchait désespérément à se rapprocher du rivage. Elle avait perdu ses points de repère et elle avançait à l'aveuglette. Hélène se mit à crier :

— Je la vois, je la vois !

— La côte ? Où ça ? hurla Alice.

— Non. La Vierge, je la vois là-bas…

Hélène revivait de grandes peurs et Alice eut pitié de sa douleur.

Au milieu du tonnerre et du vent, les appels de l'oncle Arthur leur parvinrent par miracle.

— Alice !… Alice !…

Il appelait sans relâche, refusant de les abandonner dans la tempête.

— Alice !…

Lulu entendit sa voix. Il semblait si proche, et pourtant, elle avait beau plisser les yeux, elle n'arrivait pas à le voir. Un nouvel éclair zébra le ciel de sa décharge électrique et Alice aperçut, pas très loin, à sa gauche, Arthur et toute sa famille qui venaient vers eux pour leur porter secours. Lulu eut le temps de voir Michel et Estelle qui écopaient eux aussi. Elle reprit courage et se remit à la tâche de plus belle. Elle entendit la voix puissante de sa grand-mère qui criait :

— À la pointe ! À la pointe !

Et celle d'Arthur qui répondit :

— Allons-y !

Alice, qui cherchait une solution pour sortir de ce bourbier, s'était soudain rappelé qu'à l'extrémité de l'île aux Cerises s'étendait une pointe de terre à peine recouverte d'eau qu'ils n'approchaient jamais sous peine d'y échouer. Aujourd'hui, cette pointe de terre pourrait devenir leur planche de salut. Alice estimait qu'ils ne devaient pas être très loin du but ; les deux chaloupes devraient y arriver d'ici quelques minutes…

« Si seulement je pouvais voir les grands saules du bout de l'île », pensa-t-elle.

Son souhait fut exaucé. Un grand éclair illumina le fleuve et les enfants se mirent à crier tous en même temps :

— C'est par là, c'est par là ! en pointant droit devant eux.

Alice et Arthur ne perdirent pas une minute et fon-cèrent à pleine vitesse en direction de la pointe de l'île. Grand-maman Alice ne sentait plus la pluie qui lui mar-telait le visage et lui piquait les yeux, ni le froid qui cou-rait le long de son dos mouillé. Elle n'avait qu'un but en tête, parvenir à toucher la rive.

Les vagues diminuèrent d'intensité : ils devaient approcher du rivage. Alice prit la sage décision d'arrêter son moteur. La grande noirceur se dissipa peu à peu, et ils virent l'oncle Arthur et toute sa famille qui couraient dans l'eau en tirant leur chaloupe vers les grandes quenouilles.

La chaloupe des Côté toucha le fond. Lulu et Lison poussèrent un cri de joie, mais leur bonheur fut de courte durée. Le vent se mit à souffler avec une force inouïe, balayant tout sur son passage. Tous débarquè-rent. Hélène agrippa Lulu par la main et la traîna der-rière elle. Elles se retrouvèrent vite à bout de souffle et elles tombèrent toutes les deux dans les joncs secoués par le vent, épuisées mais en sécurité, enfin !

— Attention, Alice !

L'oncle Arthur fut le seul à voir passer au-dessus de leur tête un énorme morceau de bois emporté par la tempête, qui alla s'écrouler à une dizaine de pieds de grand-maman Alice. L'ouragan s'attaquait sans merci aux vieux bâtiments, et Arthur eut une pensée pour leurs petits chalets. Dans quel état retrouveraient-ils leurs modestes logis ?

— On va mettre les chaloupes à l'envers et s'abriter en dessous, dit-il après s'être assuré que tout le monde répondait à l'appel et qu'il n'y avait pas de blessés.

La force du vent rendait leur tâche difficile et Michel prit la relève de Léon. Frappé par une bourrasque subite, celui-ci avait perdu l'équilibre et s'était tordu la cheville. Il se traîna en poussant des cris de douleur et rejoignit les femmes qui furent les premières à se réfugier sous les chaloupes, pendant qu'Arthur et Michel retenaient les embarcations qui menaçaient de s'envoler, elles aussi. Fleurette, qui s'inquiétait pour ses hommes, les supplia de s'abriter au plus vite. Michel rejoignit les Côté qui ne pouvaient plus compter sur Léon, et l'oncle Arthur se glissa entre sa femme et sa fille, qui tremblaient de peur et de froid.

Le vent, avant de s'apaiser, donna un dernier soubre-saut, et une grosse branche vint heurter la chaloupe des Lavoie. Arthur encaissa le coup sur ses solides épaules. Puis ce fut le silence, qui vint les surprendre aussi brus-quement que la tempête les avait frappés. Personne n'osait bouger de peur de réveiller l'orage. Ils attendaient tous, immobiles, le dernier coup de tonnerre qui les feraient sursauter, mais ils durent se rendre à l'évidence : oui, c'était terminé, enfin !

— C'est la pire tempête qu'on a eue depuis que…

Arthur n'acheva pas sa phrase et Fleurette acquiesça de la tête, comme si elle comprenait à demi-mot.

— Depuis que quoi ? demanda Estelle.

Le ton mystérieux de ses parents l'intriguait et son instinct lui disait qu'ils tentaient de lui dissimuler quelque chose de très important. Comme personne ne répondait, elle revint à la charge :

— La pire tempête depuis quoi ? ?

Fleurette, qui avait les nerfs à bout et en avait assez de toutes ces cachotteries, répondit :

— Depuis que Lucien s'est noyé, Estelle…, ça va faire onze ans dans quelques jours.

Estelle resta bouche bée. « Comment ça se fait qu'on n'en a jamais parlé ? pensa-t-elle. Lulu m'a juré qu'il était mort dans un accident… » Elle se promit de tirer cette affaire au clair dès qu'elle serait revenue au chalet.

Dans le silence qui suivit, Arthur sortit de sa poche une petite flasque de cognac.

— Ça va vous réchauffer, les filles.

Chacune eut droit à une gorgée, même Estelle. Elle y trempa à peine les lèvres et fit la plus grosse grimace de sa vie.

Fleurette et Arthur se regardaient dans les yeux, heureux de se retrouver, sains et saufs. Ils s'embrassèrent en serrant la petite Estelle entre leurs corps amoureux.

Sous la chaloupe des Côté régnait la plus grande confusion.

Grand-maman Alice aurait eu toutes les raisons du monde de se réjouir d'avoir mené sa barque à bon port, mais elle n'avait pas le cœur à la fête. Le souvenir de Lucien hantait sa mémoire, mais ni elle ni Léon n'osaient briser la promesse qu'ils avaient faite à Hélène de ne jamais en parler en présence de sa fille.

Dès qu'ils sentirent que le danger était écarté, Michel et Lulu se mirent à jacasser et à se raconter leurs peurs, entrecoupés de rire nerveux et de grandes exclamations. Lison, très calme, retira son foulard mouillé et s'en servit pour faire un bandage à la cheville du pauvre Léon qui se tordait de douleur. Elle lui parlait doucement pour le rassurer.

— Restez tranquille, monsieur Côté, ce n'est pas grave, tout va bien aller, restez tranquille.

Sa voix était si douce que Léon s'apaisa, ferma les yeux et sembla s'assoupir un peu. Hélène, qui avait réussi à se contrôler tant bien que mal pendant tout ce temps, s'abandonna à son chagrin et éclata en sanglots.

— Pleure, ma petite fille, pleure. Ça va te faire du bien, murmura Alice en l'étreignant.

Lulu regardait avec tristesse sa mère sangloter comme une enfant dans les bras de sa grand-mère, mais ses pleurs étaient comme une musique qu'elle connaissait depuis si longtemps qu'elle n'en était plus effrayée.

Le fleuve s'apaisa et reprit son visage familier. Les deux familles pouvaient maintenant rentrer chez elles en toute sécurité.

16

Le mensonge d'Hélène

La vie normale avait repris son cours. Tous les habitants de l'île avaient réintégré leur domicile, Dieu merci, sains et saufs.

La tempête avait épargné les vieux chalets et les bâtiments mais avait malmené Dame nature ; le gros orme de la ferme des Tourville, la fierté d'Ulysse — il se vantait qu'il possédait le plus vieil arbre de l'île —, avait été frappé par la foudre. Il était maintenant fendu en deux, et la moitié de son tronc gisait au milieu du chemin. Son abondant feuillage d'un vert si tendre jonchait tristement le sol, souillé par la boue.

Les enfants, qui s'étaient si souvent réfugiés sous ses branches, venaient chaque jour le visiter, fascinés de voir qu'un tel géant avait été terrassé par l'orage. Peu à peu, ils s'habituèrent à sa présence, et les plus jeunes finirent par y grimper, tout contents de chevaucher le plus gros arbre de l'île. Il devint le souvenir le plus tangible de la grande tempête, jusqu'à ce que pépère Tourville, le cœur brisé, se décide à le couper enfin.

Quant à mémère Tourville, elle se promènerait pendant des semaines avec un petit air de supériorité, en narguant ses voisins qui avaient refusé de croire en ses prévisions atmosphériques. La tempête lui avait donné ses lettres de noblesse, en quelque sorte, et au moindre nuage, tous se précipitaient chez elle pour recevoir ses précieux conseils qu'ils promettaient de suivre à la lettre.

« On a vraiment été chanceux ! » deviendrait la phrase préférée de l'oncle Arthur, qui n'en revenait pas que la tempête ait épargné leurs vieux chalets. À part quelques branches brisées et la porte des bécosses arrachée par le vent, aucun dégât majeur n'était à signaler. « On a vraiment été chanceux ! » disait-il plusieurs fois par jour à sa femme Fleurette qui, dans un regain d'énergie, s'était lancée dans le plus gros ménage de sa vie.

Grand-maman Alice se désolait pour ses fleurs, qui avaient bien triste mine, mais dans quelque temps rien n'y paraîtrait plus. La nature se remettrait vite de ses blessures. Les habitants de l'île en feraient-ils autant ?

Grand-papa Léon était le seul qui portait une blessure apparente, il aurait donc pu se plaindre et se lamen-

180

ter avec raison. Pourquoi restait-il silencieux ? Lulu était intriguée. Son grand-père ne parlait presque plus. Il n'avait jamais été un moulin à paroles, mais quand même, là, il dépassait les bornes ! Pas le moindre petit *moi là,* et il ne répondait même plus aux sarcasmes d'Alice. Lulu croisait souvent son regard ; elle avait l'impression qu'il désirait lui parler mais qu'il se retenait toujours à la dernière minute. Quel secret dissimulait-il au fond de son cœur ?

Estelle aussi l'inquiétait. « Elle me cache quelque chose, j'en suis sûre, pensa Lulu, elle n'est pas dans son état normal. »

En effet, Estelle était très embêtée. Depuis qu'elle avait appris que le père de Lulu s'était noyé et que, puisque personne n'en avait jamais parlé, ce devait être un gros secret, elle ne savait plus quoi faire. Devait-elle le confier à Lulu ? Ne risquait-elle pas de lui faire beaucoup de peine ? Et puis, elle avait si peu de détails… Peut-être pourrait-elle questionner sa mère pour en savoir plus ? Elle n'osait pas. « Je vais attendre encore un peu », se dit-elle, même si elle mourait d'envie de tout raconter à sa cousine.

Hélène s'était finalement laissé convaincre par Alice de ne pas abréger ses vacances par un retour impromptu à Montréal. Ce fut pourtant sa première réaction après la tempête : elle était bien décidée à quitter cette île de malheur le soir même. Elle disait à qui voulait l'entendre que rien au monde ne l'empêcherait de retourner chez elle si telle était sa décision. Alice lui fit comprendre que même si la tempête était terminée, elle grondait encore dans les cœurs et qu'il ne servait à rien de fuir, qu'il valait mieux au contraire rester tous ensemble pour affronter leurs peurs.

Lulu, qui ne voulait pour rien au monde quitter son île avant la date prévue, sauta de joie à l'annonce de cette bonne nouvelle. Alors, Hélène sortit de son sac une autre broderie pour occuper ses doigts et son esprit.

Good Night ne quittait plus Lulu d'une semelle. Puisque les vacances tiraient à leur fin et que lui aussi semblait avoir été secoué par la tempête, Hélène avait donc accordé une permission spéciale et le petit terrier pouvait dorénavant dormir sous le lit. Lulu était au comble du bonheur, mais elle ne pouvait s'empêcher de penser qu'il lui faudrait bientôt quitter Good Night ; jamais Hélène n'accepterait qu'il les suive à Montréal, et Lulu n'accepterait jamais de l'abandonner sur l'île aux Cerises. Il fallait trouver une solution, et vite ! « Je vais en parler à Estelle, se dit-elle, elle a toujours de bonnes idées. »

Les deux cousines se baignèrent tout l'après-midi, près du quai. L'eau était juste assez bonne pour se rafraîchir sans frissonner. Quel bonheur de se laisser flotter en contemplant le ciel si parfaitement bleu.

— Quand j'étais petite, dit Lulu, c'était ma couleur préférée. J'aurais voulu que tout soit bleu !

Tout leur semblait plus beau depuis la tempête. Le fleuve si lisse et si calme offrait son visage le plus doux pour faire oublier ses grosses colères.

— Viens ici, Lulu, je vais te faire des petites tresses. Tes cheveux ont tellement poussé, c'est pas croyable ! On dirait que t'as grandi aussi, regarde, tu me dépasses !

Elles se mesurèrent dos à dos sans tricher et Estelle avait raison, Lulu avait deux doigts de plus qu'elle maintenant.

— Mes vacances achèvent, dit à regret Lulu, qu'est-ce que Good Night va devenir sans moi ? Tu es sûre que tes parents…

— Non, Lulu, c'est impossible, répondit Estelle. On pourrait peut-être mettre une petite annonce chez mémère Tourville. Tout le monde la verrait, c'est certain…

— Tu me tires les cheveux, Estelle !

Quand on parlait de l'avenir de son chien, Lulu devenait facilement irritable. Comment se séparer d'un chien aussi adorable que Good Night ? Lulu était à court d'arguments et avait renoncé à convaincre Hélène de changer d'idée.

— Lulu, si tu savais quelque chose, toi, qui risquerait de me faire de la peine, est-ce que tu me le dirais ?

— Bien, ça dépend. Quelque chose d'important ?

— Oui, très important.

— Ben, je le sais pas… Pourquoi je te le dirais ?

— Parce que… c'est peut-être quelque chose que je voudrais savoir et que personne ne voudrait me dire. Une sorte de secret, tu comprends ?…

— Qu'est-ce que tu essaies de me dire, Estelle ? Je le sais que tu me caches quelque chose.

Estelle prit une grande respiration et raconta à Lulu comment elle avait appris ce qu'elle savait.

Lulu avait à peine touché à son assiette. Pourtant, sa grand-mère lui avait préparé son repas préféré, des cigares aux choux, mais elle n'avait vraiment pas faim. Elle n'arrêtait pas de penser aux paroles d'Estelle, de les tourner et de les retourner dans sa tête. « Il paraît qu'il s'est noyé, il y a onze ans, dans une grosse tempête. »

Ainsi, tout le monde devait être au courant, sauf elle !

Hélène, Alice et Léon s'inquiétaient pour leur petite Lulu. Qu'est-ce qui pouvait bien la torturer au point de lui faire perdre l'appétit ?

— Vous vous êtes encore gavées de bonbons tout l'après-midi, c'est ça ? demanda Hélène d'un ton plein de reproche.

Lulu repoussa son assiette.

— On n'en a même plus de bonbons, tu sauras, répondit-elle au bord des larmes.

— Ça ne serait pas un gros mensonge par hasard ? répliqua sa mère en se radoucissant un peu.

— Les plus gros mensonges, c'est pas moi qui les fais ici ! dit Lulu en pleurant.

— Qu'est-ce que…

Hélène n'eut pas le temps de finir sa phrase.

Lulu se leva de table et se sauva dehors, suivie de près par Good Night. Alice murmura tout bas : « La tempête n'est pas terminée… »

Hélène redoutait ce moment depuis des années. Il n'y avait aucun doute dans son esprit ; le mensonge auquel Lulu faisait allusion était relié à la mort de Lucien. L'heure était venue de dire la vérité, et Hélène ne savait pas où elle allait trouver la force d'affronter le chagrin et les réprimandes de sa fille.

Plus d'une fois, dans le passé, elle avait voulu tout lui raconter. Chaque fois le courage lui avait manqué de replonger dans ces événements si troublants, et elle remettait sa décision à plus tard.

Lulu était encore si jeune, si innocente. Comment lui dire la vérité sans lui faire peur, comment lui expliquer que c'était pour la protéger qu'elle s'était tue pendant toutes ces années ? Alice lui fit un petit signe d'encouragement.

— Tout va bien aller, tu verras, lui dit-elle, Lulu est une grande fille maintenant. Laisse parler ton cœur.

Hélène partit à la recherche de sa fille. Elle n'eut pas grand mal à la trouver. Lulu était assise sur le quai, face au fleuve. Elle tenait son chien serré contre elle en pleurant.

Hélène s'agenouilla près d'elle. Elles restèrent un moment silencieuses. Hélène ne repoussa pas Good Night, qui refusait de céder sa place et se collait sur Lulu pour lécher ses larmes. Il mettait tant d'ardeur à l'ouvrage qu'il finit par les faire rire. Elles se détendirent un peu.

Hélène sentit qu'elle ne devait pas laisser passer ce moment propice aux confidences, mais il lui était aussi difficile de prononcer quelques mots que de se décider à plonger du bout du quai. « Allons, courage, se dit-elle, je dois la vérité à ma petite Lulu. »

— À quoi tu penses quand tu parles de mensonge, Lulu ?... Hein ?

Lulu ne répondit pas. Elle avait perdu de son audace et doutait maintenant des paroles d'Estelle.

— Tu ne veux pas en parler ? C'est ça ?

Lulu caressait Good Night et demeurait silencieuse.

— Tu sais Lulu, parfois les mamans ne disent pas toute la vérité, c'est vrai...

Hélène s'efforça de rester calme même si son cœur battait plus fort qu'il n'aurait dû.

— Elles en cachent une petite partie pour protéger leurs enfants, pour les empêcher d'avoir peur ou d'avoir mal.

Hélène avait du mal à retenir ses larmes.

— Ce n'est pas vraiment un mensonge...

Lulu écoutait sans dire un mot.

— Et parfois aussi, les mamans ont tellement de

chagrin, continua Hélène, qu'elles évitent de parler de certaines choses pour ne pas transmettre à leur petite fille une partie de leur douleur. Tu comprends, Lulu ? Elles préfèrent les voir rire et s'amuser sans se soucier du passé.

Lulu se tourna vers sa mère et lui lança à la figure :

— Mon père… il n'est pas mort dans un accident, il est mort noyé, dans une grosse tempête, Estelle me l'a dit, et moi, j'étais la seule à ne pas le savoir !

Ce dernier reproche frappa Hélène en plein cœur. Ses larmes se mirent à couler sans retenue. Elle était au cœur de la tempête, si seule, si fragile, devant la colère de sa petite fille. Elle se détourna un peu pour reprendre ses esprits, mais Lulu n'avait pas fini de vider son sac.

— Pourquoi tu ne me parles jamais de mon père ? Pourquoi tu fais comme s'il n'avait jamais existé ? Pourquoi ? Pourquoi ?

« Mon Dieu, se dit Hélène, qu'est-ce que j'ai fait ? »

Lulu était debout devant elle, la fixant de ses grands yeux sévères, et son petit visage avait une expression si tourmentée qu'Hélène en resta figée et muette.

« Lucien, se dit-elle, aide-moi à trouver les mots, donne-moi la force… »

Lulu se réfugia au bout du quai, tournant le dos à sa mère. Hélène contempla le fleuve. Il était si calme, si paisible. Quelque chose de sa douceur coula en elle, et son cœur s'apaisa un peu.

— Ton père est mort noyé, Lulu, c'est vrai, mais

c'était un accident… un terrible accident qui s'est produit quelques semaines avant ta naissance, ça, tu le sais. Quand tu es née, j'ai demandé à toute la famille de garder le secret. Je ne voulais pas que, dans ta petite enfance, tu entendes le récit d'une mort si cruelle. Je me disais que je te raconterais tout plus tard, quand tu serais plus grande.

— Mais c'est pas juste ! Moi, je ne l'ai pas connu, et je ne sais rien sur lui. Je ne sais même pas si je lui ressemble…

— Tu lui ressembles beaucoup, Lulu. Tu as la même petite lumière au fond des yeux.

En quelques heures, Lulu s'était posé beaucoup de questions, elle avait imaginé ce qu'elle croyait être le pire et n'était plus sûre maintenant de vouloir connaître la vérité.

— Mais comment il s'est noyé ? demanda-t-elle à sa mère, comme si c'était une chose inimaginable. Pourquoi il est allé dans l'eau s'il ne savait pas nager ?

— Ce n'est pas comme ça que ça s'est passé… Ton père savait très bien nager, il faisait la traversée à la nage deux trois fois par semaine. Il disait que c'était une excellente façon de se tenir en forme. Mais ce jour-là, personne ne pouvait prévoir qu'une tempête épouvantable et subite s'abattrait sur nous. Ton père était brave et courageux, mais la tempête a été plus forte que lui. Elle l'a surpris au large et on ne sait pas ce qui s'est passé… Peut-être qu'il a été frappé par une branche d'arbre emportée par le vent, alors qu'il essayait de rejoindre la rive… peut-être que… Je ne sais pas… on l'a cherché partout pendant des jours et des jours, mais on n'a jamais retrouvé son corps.

Hélène était toute pâle. Elle se pencha et se mouilla le visage avec l'eau du fleuve. Lulu revint s'asseoir près d'elle.

— En l'espace de quelques minutes, ma vie a basculé et j'ai perdu la tête. J'ai cru devenir folle, mais je ne pouvais pas m'abandonner à mon chagrin, tu étais là, dans mon ventre, j'avais peur pour toi, j'avais peur que tu souffres de mes angoisses, que ma douleur se rende jusqu'à toi. C'est toi qui m'as sauvée. Tu étais si forte et si courageuse… alors j'ai décidé de me battre pour toi. J'ai mis beaucoup de temps à accepter la mort de ton père, et pour réussir à vivre et à te rendre heureuse, j'ai enfoui son souvenir au plus profond de moi. Je n'avais pas le choix, Lulu, tu comprends. La mort de ton père m'avait bouleversée au point que je doutais d'être capable de vivre sans lui. Je me disais que plus tard, quand ma peine aurait diminué et que tu serais une grande fille, je te dirais la vérité. Mais les années ont passé et chaque jour je repoussais l'échéance. Ça me paraissait de plus en plus difficile d'en parler, je ne savais plus par où commencer. Ma petite Lucie… je n'ai jamais désiré rien d'autre que ton bonheur.

Lulu se réfugia dans les bras d'Hélène.

— Tu l'aimais beaucoup, maman ?

— Oui, beaucoup. Ton père et moi, nous étions très amoureux et nous attendions ta naissance comme on attend le plus grand des bonheurs. Lucien aurait été, j'en suis sûre, le plus merveilleux des papas.

Good Night se coucha entre elles, la tête posée sur les genoux d'Hélène. La tempête était passée. La mère et la fille restèrent un moment sans rien dire, à regarder le fleuve avec qui elles devaient se réconcilier, chacune à sa façon. Lulu, comme un petit chat qui retombe sur ses pattes après une chute imprévue, se sentit très vite pleine d'énergie, et dans ses yeux se mit à briller de nouveau l'étincelle qu'elle tenait de son père.

— Est-ce que ça veut dire que maintenant on va pouvoir en parler, de mon père ?

— Mais oui, ma belle Lucie d'amour.

Hélène était encore secouée, mais elle savait que le pire était derrière elle et que sa fille ne lui en voulait plus.

— Qu'est-ce que tu aimerais savoir, Lulu ?

— Tout, maman, raconte-moi tout !

— Eh bien, répondit en riant Hélène, ton père, quand il était à l'école, sa matière forte, c'était… devine !

— Je ne sais pas. C'était quoi ? Dis- le moi !

— C'était les mathématiques !

— Oh ! Et puis tu dis que je lui ressemble ? !

— Embrasse-moi, ma belle grande Lulu d'amour. Je t'aime.

— Moi aussi, ma petite maman.

17

Le silence de Léon

Léon était allongé sur sa chaise de jardin. Sa cheville blessée, un peu raide encore, ne lui faisait plus vraiment mal. Il évitait cependant de répandre la bonne nouvelle : tant qu'il était en convalescence, Alice n'oserait rien exiger de lui et il pouvait donc enfin se reposer à sa guise. Il se sentait si fatigué. Ses cauchemars le tourmentaient presque chaque nuit et, malgré ses nombreuses siestes, il n'arrivait pas à récupérer. La tempête l'avait secoué plus qu'il ne voulait l'admettre et il tremblait encore à l'intérieur de lui-même. « Si je reste immobile et silencieux, tout va rentrer dans l'ordre », pensait-il. Alors, il bougeait le moins possible et passait des heures à fixer le fleuve entre ses paupières mi-closes.

Il vit arriver Hélène et la petite Lulu qui marchaient main dans la main sur le sentier. Elles semblaient avoir plein de choses à se raconter. « Lulu a retrouvé son beau sourire, tant mieux ! » pensa Léon en fermant les yeux. « Les enfants passent vite du rire aux larmes, comme ils sont chanceux ! »

— Grand-papa, grand-papa, je vais venir te voir ! lui cria Lulu. J'ai besoin que tu m'aides à faire quelque chose.

Léon marmonna : « On ne me laissera donc jamais dormir en paix ! » Mais puisque c'était pour Lulu, il se secoua un peu et tâcha d'avoir l'air intéressé. Lulu arriva en sautillant et se jeta sur son grand-père. Il maugréa un peu, par habitude, mais au fond, il était ravi.

— Fais attention à ma cheville, Lulu, elle est encore très fragile, lui dit-il d'un ton un peu trop dramatique.

— Grand-papa, j'ai décidé de préparer une annonce pour trouver une famille pour Good Night. Est-ce que tu veux m'aider à l'écrire ?

— Moi là… moi là…

— En tant qu'ancien facteur, les lettres, tu devrais connaître ça…

— T'es une petite comique, toi, ma Lulu !

— Oui, il paraît que je ressemble à mon père, il aimait ça faire rire les autres. C'est vrai, hein, grand-papa ?

Léon fut surpris d'entendre Lulu parler de son père. Mais il ne vit aucun mal à répondre à sa question.

— C'est vrai, ton père avait le don de nous faire rire.

— Même toi, grand-papa, qui es si sérieux ? répliqua Lulu avec un petit air coquin.

— Oui… même moi.

— Tu dois t'ennuyer beaucoup de lui alors ?

— Oui, oui…, répondit-il en penchant la tête pour cacher son trouble.

Personne ne lui avait jamais vraiment posé cette question. On lui avait répété tant de fois que le temps allait arranger les choses, mais dans son vieux cœur la blessure était toujours vive, et son fils lui manquait plus que jamais.

— Grand-papa, est-ce que tu as eu peur, toi, dimanche, dans la tempête ?

— Oui, très peur.

— Il y avait des grosses vagues, hein, grand-papa, les plus grosses que j'avais jamais vues, puis les éclairs, le tonnerre, j'étais toute mouillée, toi aussi, hein ?

Léon demeurait silencieux.

— Maman dit que c'était pire encore quand papa s'est noyé, c'est vrai ? C'est difficile à imaginer…

La question de Lulu le prit au dépourvu. Il avait la gorge serrée. Puisque Hélène en avait parlé avec sa fille, ce n'était donc plus un secret. Il aurait bien voulu répondre, mais les mots, prisonniers depuis si longtemps dans sa pauvre tête, n'obéissaient plus à sa volonté. Il avait l'impression d'essayer de parler une langue étrangère.

Sa petite-fille au grand cœur ne se laissa pas démonter pour autant. Elle vint se réfugier contre lui. Ils restèrent un long moment côte à côte sans rien dire. Léon paraissait dormir. Dans sa tête, il se mit à raconter à Lulu tout ce qu'il aurait voulu lui dire.

Ce jour-là, ma petite Lulu, a été le pire de ma vie. J'y pense encore très souvent. J'étais sur le quai et, comme d'habitude, je guettais l'arrivée de ton père avec mes jumelles. Le temps était incertain, mais personne n'aurait pu se douter de ce qui allait arriver. C'est venu d'un seul coup, tout le monde a été surpris. J'aurais dû prendre tout de suite la décision d'aller le chercher en chaloupe, mais on croyait tous qu'il aurait le temps de se rendre avant le gros de la tempête. Personne ne pouvait prévoir que l'orage allait se déchaîner à ce point. J'avais réussi à le repérer avec mes jumelles, mais les vagues étaient devenues si fortes que je l'ai perdu de vue. Je ne pouvais pas rester sur le quai à l'attendre, il fallait que j'y aille. Je n'avais qu'une vieille chaloupe à rames dans ce temps-là, mais je suis quand même parti pour lui porter secours. Tout le monde criait que je n'y arriverais jamais, que c'était trop dangereux, que Lucien était beaucoup trop loin et que je risquais ma vie pour rien. J'y suis allé quand même. C'était mon fils, il fallait que j'y aille. La tempête était horrible, j'étais pris dans un tourbillon, j'avançais à peine. J'ai failli chavirer deux fois. J'ai eu tellement peur. J'ai dû me rendre à l'évidence, c'était au-dessus de mes forces. J'ai abandonné la lutte et je suis revenu au quai, seul, sans lui… et je ne l'ai jamais revu. Depuis, j'ai passé des jours et des jours à me faire des reproches et je n'ai plus jamais connu la paix, jamais…

Léon versa une larme sur ses vieilles joues brûlantes.

Lulu releva la tête vers son grand-père. Elle ne l'avait jamais vu pleurer. Comme si elle avait tout compris, elle lui dit :

— C'était un accident, grand-papa. Maman me l'a dit : *Personne n'aurait pu le sauver.*

Good Night sauta sur la chaise et vint se blottir dans le petit creux entre Léon et Lulu. Il était toujours là quand on avait besoin d'un peu de réconfort.

— Grand-papa, est-ce que tu crois que Good Night va être malheureux sans nous ? demanda Lulu.

— Mais non, on va lui trouver une bonne famille, tu vas voir. Et puis, tu pourras toujours le retrouver la nuit dans tes rêves, hein, ma Lulu ?

— Tu es le seul qui me crois ! Tu es le plus gentil de tous les grands-papas de la terre.

— Va vite me chercher un papier et un crayon. On va écrire le texte ensemble, on va mettre une belle photo de Good Night, et on va dire à quel point il est gentil et affectueux. Ça va marcher, je suis sûr.

Lulu, tout excitée, courut vers le chalet, le cœur plus léger. Good Night la suivit en gambadant ; quand Lulu semblait heureuse, le petit chien l'était aussi.

Grand-papa Léon s'étira au soleil et se surprit lui-même à avoir envie de bouger un peu. « Une petite marche me ferait le plus grand bien, pensa-t-il. Tout à l'heure, j'irai faire le tour de mon jardin. Malgré la tempête, je pense que je vais avoir une bonne récolte de tomates. Peut-être qu'Alice va avoir envie de faire du ketchup. Oui, c'est une bonne idée… une très bonne idée. »

18

Adieu, Good Night

À donner : petit terrier affectueux et propre, obéissant et très intelligent. Il s'appelle Good Night. Si vous cherchez un bon compagnon pour vos enfants, ne cherchez plus, vous l'avez trouvé. Vous pouvez me rejoindre au chalet des Côté, mon nom est Lulu. Dépêchez-vous !

Lulu s'impatientait. Les jours passaient et personne encore ne s'était montré intéressé par sa petite annonce. Pourtant, mémère Tourville l'avait placée bien en évidence près de la caisse et elle avait beau répéter à Lulu que tous les clients qui entraient dans son magasin en prenaient connaissance, Lulu s'inquiétait quand même. La fin des vacances approchait et elle ne voulait pas partir sans avoir trouvé une bonne famille pour Good Night. Pas question de laisser à d'autres le soin de s'en occuper. C'était sa responsabilité, et elle n'aurait le cœur en paix que si elle savait son petit chien en sécurité.

Ce matin-là, quand elle entra en coup de vent chez Mimi Tourville, une mauvaise surprise l'attendait : l'annonce avait disparu.

— Mémère Tourville, mémère Tourville, où est-ce qu'il est mon papier ?

— Quel papier, Lulu ?

— Ben ma petite annonce, voyons ! Elle est plus là et la photo de Good Night non plus ! C'était ma seule photo ! Qui est-ce qui l'a volée ?

— Calme-toi, Lulu, lui répondit Mimi, c'est sûrement quelqu'un qui est très intéressé, ajouta-t-elle d'un ton plein de sous-entendus. À ta place, je rentrerais bien vite au chalet, il y a quelque chose qui me dit que tu vas avoir de la visite dans pas grand temps.

— C'est vrai, mémère ? Alors j'y vais tout de suite.

Alice avait préparé du café frais, sorti sa confiture maison et des biscottes. Hélène et Lison déposèrent le tout sur la petite table du jardin. Le temps était si doux ! Elles voulaient profiter au maximum des derniers beaux jours de l'été.

— Goûte à ma confiture de framboises, ma belle Lison, elle est pas piquée des vers.

Alice était ravie de voir que Lison mangeait d'un bel appétit et qu'elle avait pris des couleurs.

Les trois femmes attendaient avec impatience le retour de Lulu.

— Elle s'en vient, dit Lison. Elle court presque aussi vite que Good Night. J'espère que mémère Tourville n'a pas vendu la mèche.

Lulu arriva en trombe dans le jardin.

— Maman, maman, quelqu'un a pris la photo de Good Night au magasin ! Mémère Tourville dit que ça doit être quelqu'un qui est très intéressé, et que cette personne-là va sûrement me rendre visite aujourd'hui… Alors j'ai couru, j'ai couru… Il n'y a personne qui est venu pour moi ?

Les trois femmes se regardèrent à tour de rôle.

— Toi, Hélène, dit grand-maman Alice, as-tu vu quelqu'un venir par ici ?

— Non, je n'ai vu personne, répondit Hélène qui jouait très mal la comédie.

— Et toi, Lison, je suppose que tu n'as vu personne non plus ? demanda Alice avec le plus grand sérieux.

Lison avait du mal à ne pas rire.

— Je n'ai vu personne, mais j'ai trouvé ça, par exemple, dit-elle en tendant une photo à Lulu.

— Oh! Mais c'est la photo de Good Night! s'exclama-t-elle, à la fois ravie et confuse. Mais tu l'as trouvée où?

Elle regardait Lison sans comprendre. Si Lison avait trouvé la photo, ce ne pouvait être que parce que quelqu'un d'autre l'avait perdue, ou pire encore, jetée sur le chemin par méchanceté, et alors, personne ne viendrait réclamer Good Night, et tous ses espoirs étaient réduits à zéro.

Les trois femmes la regardaient en souriant.

— Je ne vois pas ce qu'il y a de drôle là-dedans, dit-elle, les yeux pleins d'eau.

Grand-maman Alice lui fit un petit clin d'œil complice. Lulu se mit à frétiller sur place comme si elle s'attendait à une grosse surprise.

— Vous me cachez quelque chose, toutes les trois, dit-elle en s'excitant, j'en suis sûre.

Hélène eut pitié.

— Lison, il me semble que tu n'as pas répondu tout à l'heure quand ma fille t'a demandé où tu avais trouvé la photo?

— C'est vrai ça, Lison, dit Lulu qui commençait à rire sans trop savoir pourquoi. Tu l'as trouvée où?

— Dans mon sac à main. C'est moi qui l'ai *volée* au magasin.

Lulu s'assombrit tout à coup.

— Mais pourquoi, Lison, pourquoi tu as fait ça?

— Eh bien vois-tu j'ai pensé que si je prenais la photo, personne d'autre que moi ne pourrait avoir l'idée d'adopter Good Night et que…

— Aaaaaaah! C'est vrai, Lison? Tu le veux? Tu vas le prendre? Tu vas le prendre avec toi? Et l'emmener en ville dans ton appartement?

— Si tu es d'accord Lulu, évidemment.

Good Night, qui avait suivi Lulu dans toute la gamme de ses émotions, sauta sur les genoux de Lison et se mit à lui lécher les oreilles avec frénésie. Lulu regarda son chien cajoler Lison et sentit monter en elle un gros chagrin.

— Et puis, tu sais, dit Lison qui comprenait la confusion des sentiments de Lulu et qui voulait la réconforter, on a découvert, ta maman et moi, qu'on habite le même quartier! Alors, quand tu t'ennuieras trop fort tu pourras venir nous voir, je suis sûre que Good Night va adorer aller se promener au parc avec toi de temps en temps.

Hélène, qui savait que cette séparation ne serait pas facile pour Lulu, lui tendit une petite boîte de carton.

— Chose promise, chose due, lui dit-elle, allez, ouvre-la.

Lulu ne comprenait pas de quoi il s'agissait, mais en ouvrant la boîte, elle poussa un petit cri de surprise. Sa mère n'avait donc pas oublié. Avec la vieille nappe à carreaux de grand-maman Alice, Hélène avait réussi à fabriquer un imperméable pour Good Night, et il y avait même un capuchon, comme Lulu en rêvait. Le résultat était surprenant.

— Comment ça tient, maman ? dit Lulu en examinant la drôle de forme.

— J'ai vraiment utilisé toute mon imagination, c'était pas facile à inventer, répondit Hélène en riant. Viens, Good Night ! Je vais vous montrer comme c'est facile à mettre.

Et en un tournemain, le petit terrier se retrouva équipé pour affronter les pires averses. Good Night gambadait, faisait le beau et n'avait pas du tout l'air importuné par son nouveau costume.

— Ça va être pratique pour toi, Lison, dit Hélène, maintenant que tu vas être sa maîtresse. Lulu est tellement contente de savoir que c'est toi qui va s'en occuper.

Tellement contente, oui… peut-être… Lulu avait surtout le cœur gros. C'était donc vrai maintenant que Good Night et elle allaient devoir se séparer pour de bon. Il ne serait plus jamais son petit chien à elle toute seule. Elle ne pourrait plus lui raconter ses joies et ses peines, dormir avec lui et le serrer tout contre elle quand elle aurait du chagrin. Elle ne serait plus qu'une amie qui lui rend visite de temps en temps. « Tu aurais dû rester dans mes rêves, Good Night. Là, personne n'aurait pu nous séparer. »

Mon cher journal,

Je suis très triste aujourd'hui. Demain maman et moi on rentre en ville. Les vacances sont finies. C'est la dernière nuit que je passe avec Good Night. Je suis venue m'asseoir avec lui sur le quai. C'est le jour le plus triste de toute ma vie. Estelle m'a dit qu'un chagrin d'amour pour un chien ça se peut pas mais moi je pense que oui. Good Night a rien voulu manger de la journée. Il est triste lui aussi et moi j'ai un peu mal au cœur. Maman m'a promis un beau cadeau d'anniversaire si je suis raisonnable mais moi le seul cadeau que je veux c'est lui

Adieu Good Night je ne t'oublierai jamais. Je te le promets. Tu resteras toujours pour moi le plus beau et le plus fin de tous les chiens de la terre. Je te garderai une petite place dans mes rêves. Si tu es trop triste tu peux venir la nuit me visiter dans mes rêves. Tout est possible. Je t'aime.

19

La fin des vacances

— Lulu, dépêche-toi de finir ta valise, dit Hélène, grand-papa est déjà assis dans la chaloupe, il nous attend.

Hélène sortit de sa boîte son joli canotier de paille et le posa sur sa tête. « Il a un peu souffert de l'humidité, pensa-t-elle. Ah ! vivement la ville et que tout redevienne normal ! »

— Good Night, veux-tu bien t'ôter de dedans mes jambes !

Good Night s'agitait, il passait de l'une à l'autre, inquiet et fébrile. Il sentait que l'heure du départ était arrivée et il aurait donné n'importe quoi pour pouvoir se glisser dans la valise de Lulu.

Hélène jeta un dernier coup d'œil pour s'assurer qu'elle n'avait rien oublié et se surprit à chantonner un air à la mode ; il y avait bien longtemps qu'elle ne s'était sentie aussi légère. Elle se regarda dans le miroir. Ses cernes avaient disparu, le soleil avait pâli ses cheveux. Elle se trouva assez jolie après tout. Ce petit bonheur passager ne venait pas seulement du fait qu'elle était heureuse de retourner chez elle ; son séjour dans l'île l'avait transformée bien malgré elle et la tempête, pourtant si terrible, l'avait libérée de ses angoisses. Son cœur battait paisiblement dans sa poitrine, et elle se sentait une nouvelle femme. Elle se retourna vers Lulu en souriant.

— Ton grand-père a dû avoir le temps de vérifier trois fois son moteur ! Vite, ma puce !

Hélène n'examina même pas la valise de Lulu, et c'était peut-être mieux ainsi, car tout y était enfoui dans le plus grand désordre.

— On va avoir un gros lavage à faire, hein, maman ? La corde à linge va être pleine.

Hélène s'arrêta un moment pour regarder sa fille. Comme elle avait grandi en si peu de temps… Sa robe maintenant trop courte semblait avoir été empruntée à une autre petite fille, plus menue et plus délicate. Hélène se sentit tout à coup débordante d'optimisme et d'énergie.

— Qu'est-ce que tu dirais, Lulu, si on allait à la piscine Beauchemin cet automne, prendre des cours de natation, toi et moi ? Tu pourrais apprendre à plonger du grand tremplin, et moi je ferais l'étoile, dit-elle en riant, comme les enfants qui savent pas encore nager.

Lulu écarquilla les yeux de surprise. Sa mère était tombée sur la tête, c'est sûr ! Mais non, elle avait l'air sérieuse.

— C'est une idée extraordinaire, maman. *Yes, yes, yes !*

Lulu sauta dans les bras de sa mère avec toute la fougue d'un jeune chien fou.

— Je vais t'aider, maman, tu vas voir, c'est très facile, on va devenir de vraies championnes toutes les deux… comme papa !

Les deux familles s'étaient réunies sur le quai pour leur dire au revoir. Grand-maman Alice remonta en vitesse au chalet. « Elle va finir par nous mettre en retard, grogna Léon, et moi là… » Sa femme revint avec un pot de ketchup aux fruits qu'elle voulait donner à Hélène. Le pot était encore tiède et un peu collant, mais Alice le sauça dans le fleuve et l'essuya avec le bas de sa robe.

— Tiens, ma fille, c'est du *home made,* du vrai de vrai !

Michel leur offrit une douzaine de maïs en jetant à Lulu un clin d'œil moqueur, et Estelle, le fond d'un sac de bonbons.

— Arrêtez, protesta Hélène, on pourra jamais transporter tout ça.

Lulu, elle, n'avait d'yeux que pour Good Night qui se collait contre elle et ne voulait pas la laisser partir. Lison le prit dans ses bras.

— Ne t'inquiète pas, Lulu, je vais en prendre bien soin. Et puis, on va se revoir bientôt.

Lulu avait du mal à retenir ses larmes. Grand-maman Alice la serra très fort dans ses bras. « Hmm ! Elle sent bon, pensa Lulu, elle sent le ketchup aux fruits. »

— N'oublie pas les chansons que je t'ai montrées, ma Lulu, dit grand-maman Alice, promets-moi de chanter tous les jours, ma puce.

— Oui, grand-maman, même si je fausse, je te le promets.

Léon fit partir le moteur du bateau.

— Dépêchez-vous, dit-il, l'autobus ne vous attendra pas !

La chaloupe s'éloigna rapidement. Léon devait faire vite, car tous ces débordements d'affection les avaient mis en retard. Sur le quai, Good Night jappait de toutes ses forces et Lison le retenait pour ne pas qu'il plonge dans l'eau.

Grand-maman Alice les salua longuement en agitant les bras au-dessus de sa tête et Lulu lui répondit sans se lasser, jusqu'à ce que sa grand-mère ne soit plus qu'une minuscule tache rose dans les broussailles.

Le bruit du petit moteur couvrit peu à peu les jappe-ments de Good Night. L'île aux Cerises redevint ce qu'elle était, un énorme bouquet de végétation sauvage au milieu du grand fleuve si tranquille. Lulu laissa sa main effleurer la surface de l'eau. « Comme elle est douce… »

— On va revenir l'an prochain ? Hein, maman ?

Hélène lui sourit tendrement :

— Oui, ma petite Lucie, je te le promets.

Épilogue

L'école est commencée depuis deux semaines déjà. Lulu s'est fait plein de nouveaux amis, et Mademoiselle Chartrand, son professeur, est très gentille. Elle a de beaux cheveux blonds qui lui descendent jusqu'au milieu du dos et elle sourit tout le temps. Lulu a réussi son premier plongeon du haut du tremplin et sa maman va bientôt pouvoir flotter toute seule dans la piscine.

Lison et Hélène sont devenues de bonnes amies, elles font de la broderie ensemble et elles ont fabriqué des petites bottes pour Good Night. Comme ça, il ne salit plus les planchers quand il vient en visite. Le petit terrier s'est vite habitué à sa nouvelle vie, mais il garde une affection toute particulière pour sa grande amie Lulu.

Grand-papa Léon et grand-maman Alice ont fermé leur chalet pour l'hiver, l'oncle Arthur aussi. Tout le monde est revenu en ville. Estelle est allée chez le dentiste. Elle avait deux grosses caries. Les bonbons lui sont interdits pour un bon bout de temps. De toute façon, l'oncle André prend sa retraite, alors ça tombe bien. Michel a une blonde (!) et il commence à avoir du poil au menton.

Grand-maman Alice est très contente, elle peut maintenant dormir toute la nuit, car grand-papa Léon ne fait plus de cauchemars. Il lui arrive même de faire de beaux rêves, paraît-il. L'autre nuit, il a rêvé à un chien qui ressemblait comme deux gouttes d'eau à un petit terrier bien connu. Il ne le dit à personne, mais tous les soirs en se couchant, juste avant de s'endormir, il murmure doucement « Bonne nuit, Good Night », et il dort paisiblement jusqu'au matin.

Bonne nuit, Good Night !

Table